Querverlag

Joachim Braun

Schwul

und dann?

Ein Coming-out-Ratgeber

Teile dieses Buches erschienen 2000 unter dem Titel *Ich will keine Schokolade – Das Coming-out-Buch für Schwule* im Rowohlt Taschenbuch Verlag, Reinbek bei Hamburg.

Erste Auflage September 2006

Umschlag und grafische Realisierung von Sergio Vitale unter Verwendung einer Fotografie von getty images.

Druck und Weiterverarbeitung: Druckhaus Köthen
ISBN 3-89656-134-0
Printed in Germany

Bitte fordern Sie unser Gesamtverzeichnis an:
Querverlag GmbH, Akazienstraße 25, D-10823 Berlin
http://www.querverlag.de

Mehr über den Autor: http://www.joachim-braun.de/

Inhalt

1. Das Coming-out 11
Was beim Coming-out passiert 13
Inneres Coming-out 17
Warum man schwul wird 21
Vorurteile überprüfen 24
Äußeres Coming-out 30
Eltern 31
Schule 42
Arbeits- und Ausbildungsplatz 46
Freundinnen und Freunde 48
Partnerin oder Ehefrau 50

2. Die schwule Szene 55
Geschichte – Warum es eine Szene überhaupt gibt 57
Wie man mit Körperkult und Älterwerden fertig wird 66

3. Wie man einen Freund findet 79
Hürden bei der Partnersuche 81
Wie man erfolgreich bei der Partnersuche scheitert – Teil I . . . 90
Wie man erfolgreich bei der Partnersuche scheitert – Teil II . . 92

4. Wie man mit einer Partnerschaft klarkommt 95
Beziehungsfallen 97
Regenbogenfamilien 102

5. Schwule und Sex 105
Das erste Mal 107
Was es heißt, beim Sex selbstbewusst zu sein 109
Schwuler Sex 111
Szene und Sex 115
Über den Umgang mit HIV und Aids 118

6. Geschichten zum Coming-out 121
„Mein Selbstbewusstsein ist von null auf hundert gestiegen!"
– zum Beispiel Julian. 123
„In der DDR haben wir nicht darüber geredet."
– zum Beispiel Guido 132
„Das erste Mal war ich in eine Frau verliebt."
– zum Beispiel Frank 140
Coming-out zwischen den Kulturen
– zum Beispiel Ilhan und Dogan 147
„Nachdem ich den Mut hatte, es allen zu erzählen,
bin ich Tim begegnet." – zum Beispiel Bernd 153
„Ich beneide Schwule, die sich ausleben können."
– zum Beispiel Manfred 160
„Ich will normal sein!"
– zum Beispiel Felix 166
„Was in der Bibel steht, war richtig."
– zum Beispiel Olaf 171

7. Wo du Rat und Unterstützung bekommst 183
Lambda 185
Pro Familia 187
Adressen 188

Häufig fängt alles ein wenig unheimlich an: Man verspürt eine wage Ahnung, leise Zweifel, vielleicht auch ein dumpfes Unbehagen oder sogar Angst. Man merkt, dass man schwul ist, will aber oft noch nicht über seine Empfindungen sprechen und versucht, alleine damit klar zu kommen. Viele fragen sich, ob das nur eine Phase ist, andere hoffen, heterosexuell oder wenigstens bisexuell zu sein. Diese Zeit nennt man „inneres Coming-out". Den meisten Schwulen gelingt es irgendwann, sich zu ihren Empfindungen zu bekennen und sich zu sagen: „So wie ich bin, bin ich in Ordnung – auch wenn die Mehrheit anders fühlt." Wer soweit ist, hat das Schlimmste hinter sich. Wichtig ist, sich mit dem inneren Coming-out Zeit zu lassen und der eigenen Entwicklung den Raum zu geben, den sie benötigt. Es ist eben nicht leicht, sich gegen den Strom zu positionieren. Und schon gar nicht mit seiner Sexualität!

1 Das Coming-out

Was beim Coming-out passiert

Damit fängt alles an: Eines Tages entdeckst du, dass du schwul bist. Das kann mit 13, mit 30 oder mit 53 sein. Philipp war 14, und er sah sich gerade einen Porno an.

Es war einer der Abende, an dem die Eltern beim Kegeln waren. Philipps älterer Bruder und dessen Kumpel hatten ein Video eingelegt und es sich im Wohnzimmer bequem gemacht. Eigentlich wollte der Bruder gar nicht, dass Philipp dabei war, aber Philipp hatte gedroht, alles den Eltern zu petzen, wenn er nicht mitschauen dürfte.

Auf dem Bildschirm waren zwei Männer und eine Frau zu sehen, die Sex miteinander hatten. Der Bruder und sein Kumpel tranken Bier, kauten Chips und grölten wie bei einer Comedy. Philipp saß etwas abseits und lachte mit, doch eigentlich war er erschrocken über das, was in ihm vorging: Er spürte, wie ihn die beiden Männer erregten – die Frau jedoch ließ ihn kalt. Seit vielen Monaten schon fragte er sich, ob er schwul sein könnte. Wenn er sich selbst befriedigte, dann dachte er immer an andere Jungs, am liebsten an Sven aus seiner Klasse. Manchmal versuchte er auch, sich ein Mädchen vorzustellen. Nicht weil es ihn reizte, sondern weil er prüfen wollte, ob er schwul oder heterosexuell sei. Aber sobald ein Mädchen vor seinem inneren Auge auftauchte, machte es keinen Spaß mehr. Jetzt, als der Porno lief, war die Sache eigentlich klar.

Philipp hatte etwas erlebt, das wir als *Coming-out* bezeichnen. Das Coming-out ist eine Zeit, in der du entdeckst, erotische Gefühle zu anderen Jungs und Männern zu haben. Das kann ganz harmlos sein, so, wie man irgendwann merkt, dass man gerne Computerspezialist oder Arzt werden will. Es kann aber auch sein, dass man sich schämt und sich ausgeschlossen fühlt, weil man merkt, anders zu sein als all die anderen um einen herum. Und „anders" nicht im Sinne von braune Augen zu haben anstatt blaue, sondern anders zu sein bei den verletzbarsten aller Gefühlen – den sexuellen.

Gerade das aber macht das Coming-out so mühsam. Denn kaum etwas ist kränkender, als in den sexuellen Gefühlen ignoriert, beschämt oder gedemütigt zu werden. Die Gefahr, als Schwuler mit seinem Schwulsein auf Unverständnis zu stoßen, ist groß. Daher müssen Schwule den Spagat vollbringen, sich mit ihren sexuellen Gefühlen auszusöhnen, die bei anderen auf Kopfschütteln oder Verachtung stoßen können.

Man könnte meinen, ein Coming-out sei in Zeiten zunehmender gesellschaftlicher Akzeptanz gegenüber Lesben und Schwulen leichter, unbeschwerter geworden. Doch das ist eine Illusion. Eine Studie aus dem Jahre 2002 kam zu dem Ergebnis, dass das „Bewusstwerden der eigenen Homosexualität" heutzutage mit dem gleichen Ausmaß an Unsicherheit und Furcht verbunden ist wie noch vor 30 Jahren! Die meisten Schwulen würden während ihres Coming-outs unter „Einsamkeit und erheblichen Identitätsproblemen" leiden. Und das Outen stelle noch immer einen erheblichen Stressfaktor dar (Schwule Jugendliche: Ergebnisse zur Lebenssituation, sozialen und sexuellen Identität, Niedersächsisches Ministerium für Frauen, Arbeit und Soziales, 2002).

Leider haben schwule Jugendliche keine Vorbilder, an denen sie sich orientieren können. Es gibt kaum Filmhelden, Sportler oder Musiker, die offen schwul leben und denen man gerne nacheifern würde. Wenn Schwule auftauchen, dann vereinzelt als tuntige Nebenfiguren in einer Freitagnacht-Comedy, als Schlagersänger oder als Politiker; Prominente also, mit denen sich kein Jugendlicher identifizieren will. Auch der Vater – für viele Jungen das Vorbild Nummer eins – kann schwulen Jugendlichen nicht vorleben, wie man als Schwuler ein zufriedenes und selbstbewusstes Leben führt. Das hat zur Folge, dass sich schwule Jugendliche alleine auf den Weg machen müssen, begleitet von dem Gefühl, der Einzige zu sein, einsam und isoliert. Ich erinnere mich noch gut an einen 17-Jährigen, der in meine Praxis kam und sagte: „Ich weiß, es ist albern. Selbst Politiker geben offen zu, schwul zu sein. Und trotzdem: Ich würde am liebsten aus dem Fenster springen."

Wodurch ein Coming-out beeinflusst wird

Es gibt kein typisches Coming-out, ganz im Gegenteil: Der Verlauf eines Coming-outs ist etwas sehr Persönliches, etwas sehr Individuelles. Ein schüchterner Mann durchlebt ein anderes Coming-out als ein Draufgänger, ein Depressiver ein anderes als ein Zwanghafter, ein Extrovertierter ein anderes als ein Introvertierter. Wer in einer Großstadt lebt und merkt, dass er schwul ist, ist anderen, oft günstigeren Bedingungen ausgesetzt als jemand vom Land. Männer, die im westlichen Teil Deutschlands aufgewachsen sind, haben andere Erfahrungen gemacht als Männer aus Ostdeutschland. Türkische und arabische Männer kämpfen mit anderen Moralvorstellungen als Westeuropäer, Christen mit anderen als Atheisten. Wer verständnisvolle, tolerante Eltern hat, hat es leichter als jemand, dessen Eltern voller Vorurteile sind. Wer bei einer allein erziehenden Mutter aufwächst, hat ein anderes Coming-out als jemand mit Vater *und* Mutter oder mit Heimerfahrung.

Aber nicht nur die Umwelt, auch die sexuelle Orientierung selbst wirkt sich auf das Coming-out aus: Wer hauptsächlich schwul empfindet, aber auch zu Frauen sexuelle Gefühle hat, ist anderen Verunsicherungen ausgesetzt als jemand, der eindeutig schwul ist und der ganz klar weiß, was er will. Zum Beispiel können Männer, die sich auch zu Frauen hingezogen fühlen, ihr Schwulsein eher hinter ihren heterosexuellen Anteilen verstecken und sich einreden, gar nicht schwul zu sein. Männer, die eindeutig schwul empfinden, haben diese Möglichkeit nicht.

Auch das Alter spielt eine Rolle. Sehr viele Männer erlangen erst als Erwachsene ein Bewusstsein davon, schwul zu sein. Das bringt eigene, zum Teil ganz andere Probleme mit sich. Vielleicht haben sie eine Familie gegründet und können ihr altes, vertrautes Leben nur schlecht aufgeben. Oder sie leben mit einer Frau zusammen, verlieben sich in einen Mann und fühlen sich hin- und hergerissen zwischen Partnerin und Partner. Auch scheuen viele davor zurück, sich auf ihrem Arbeitsplatz zu outen, aus Angst, diskriminiert oder gemobbt zu werden.

Bewältigtes Coming-out

Im Grunde genommen geht es beim Coming-out um einen einzigen zentralen Punkt: Dass es dir mit deiner Homosexualität gut geht! Dabei spielt es keine Rolle, wie du lebst, ob als Single, in einer schwulen Beziehung oder mit Frau und Kindern. Wichtig ist, dass du zu deinen sexuellen Gefühlen stehen kannst und dich dafür nicht schämen oder verstecken musst.

Ein Coming-out ist dann gelungen,

- wenn du dich wohl fühlst, schwul oder bisexuell zu sein oder als Heterosexueller schwule Anteile zu haben;
- wenn du dich als Schwuler oder Bisexueller in der heterosexuellen Welt gut integriert fühlst;
- wenn du dein eigenes Schwulsein genauso akzeptierst wie die sexuelle Orientierung der anderen – wie auch immer die sein mag;
- wenn du bei der Partnersuche voll und ganz hinter deinen Wünschen stehst;
- wenn du schwule Beziehungen eingehen kannst, ohne dich deines Partners oder deiner Gefühle zu schämen;
- wenn du Spaß an deiner Sexualität hast.

Doch all das braucht Zeit und vollzieht sich nicht immer von heute auf morgen. Das Coming-out ist ein Prozess, der ein Leben lang dauern kann. Auch wenn wir unser „eigentliches" Coming-out längst hinter uns haben und denken, dass uns das alles nichts mehr angeht, können wir immer wieder in Situationen geraten, in denen unser schwules Selbstwertgefühl auf die Probe gestellt wird. Als ich einmal im Krankenhaus lag, verabschiedete sich mein Freund mit einem heftigen Kuss von mir. Meine beiden älteren Bettnachbarn schauten daraufhin noch griesgrämiger, als sie es ohnehin schon taten. Da wurde mir ziemlich mulmig – schließlich musste ich es mit den beiden noch einige Tage aushalten. Wir werden immer wieder in Situationen geraten, in denen wir verunsichert werden – auch als „alte Hasen“. Die Frage ist nur, wie sehr es uns belastet.

Dieses Buch ist für Jugendliche und Erwachsene geschrieben. Es richtet sich an Schwule, die sich mit ihrem Schwulsein nicht hundertprozentig wohl fühlen. Die dauernd bei der Partnersuche scheitern, in lieblosen Beziehungen landen, den Sex nicht genießen können oder ein befremdliches, distanziertes Gefühl zu anderen Schwulen haben. Denn kaum etwas ist für ein inneres Gleichgewicht störender, als sich gegen die eigenen sexuellen Gefühle zu stellen. Wer aber Spaß daran hat, schwul zu sein und voll und ganz hinter seiner sexuellen Orientierung steht, der hat sein Coming-out bewältigt. Den Weg dahin will das Buch unterstützen.

Inneres Coming-out

Viele machen das Coming-out in der ersten Zeit mit sich selbst durch, ohne mit anderen darüber zu reden. Sie behalten ihre Gefühle für sich und sind noch nicht bereit, es jemand anderem mitzuteilen. Diese Zeit nennt man „inneres Coming-out“. Philipp, der mit seinem Bruder und dessen Freund den Pornofilm ansah, erlebte in genau diesem Moment sein inneres Coming-out.

Beim inneren Coming-out fragt man sich verunsichert, ob man anders empfindet als die Eltern, Geschwister, Mitschüler oder Berufskollegen. Es ist eine Zeit voller Verwirrungen und Selbstzweifel. Viele rätseln, ob sie wirklich schwul sind oder ob das nur eine Phase ist, die wieder vorübergeht. Andere hoffen, heterosexuell oder „wenigstens“ bisexuell zu sein. Oder sie grübeln über mögliche Ursachen und geben sich selbst, den Eltern oder dem Schicksal die Schuld. Besonders belastend sind die Vorurteile der anderen, die einem im Coming-out immer wieder im Weg stehen.

Die folgenden Abschnitte sollen dich dabei unterstützen, dein inneres Coming-out möglichst angstfrei und mit wachsendem Selbstbewusstsein zu erleben.

Immer den Gefühlen nach und dann rechts, links oder geradeaus

Irgendwie scheint es zum Coming-out zu gehören, die vielfältigen Möglichkeiten an sexuellen Orientierungen immer wieder zu durchdenken und durchzuspielen. Man fragt sich, ob man schwul ist oder doch bisexuell, heterosexuell und ein bisschen schwul, schwul und ein bisschen heterosexuell oder ob das nach einer kurzen Phase alles wieder vorübergeht. Vielleicht hofft man sogar, sich das alles nur einzubilden.

Viele versuchen, über ihre sexuellen Fantasien in ihren nächtlichen Träumen oder bei der Selbstbefriedigung eine Antwort zu finden. Oder sie horchen in sich hinein und beobachten, ob sie sich nun in Männer oder in Frauen verlieben. In den meisten Fällen dauert es einige Zeit, bis man Gewissheit hat, aber du kannst auch ein wenig nachhelfen. Zuallererst solltest du dich nicht unter Druck setzen, indem du glaubst, dich jetzt unbedingt und sofort in eine der Kategorien schwul, bi oder hetero einordnen zu müssen. Viel hilfreicher ist es, die Gefühle so zu nehmen, wie sie kommen, und seien sie noch so zwiespältig. Nirgendwo steht geschrieben, dass die Gefühle eindeutig sein müssen. Man kann durchaus auf Frauen stehen und auch ein bisschen auf Männer und umgekehrt – es muss sich nicht immer alles in Begriffe wie schwul oder hetero einordnen lassen. Im Übrigen kann man sich nicht bewusst für eine sexuelle Orientierung entscheiden. Sexuelle Empfindungen sind viel zu stark, als dass der Kopf sie steuern könnte.

Bisexuell

Grundsätzlich aber empfinden die meisten Menschen eindeutig hetero- oder homosexuell. Einige haben erotische Gefühle zu beiden Geschlechtern und werden als bisexuell bezeichnet, wobei es immer wieder die Frage ist, ab wann jemand bi ist. Stehen Bisexuelle immer gleichermaßen auf Männer und auf Frauen oder ein bisschen mehr auf Männer oder ein bisschen mehr auf Frauen? Da geht die ganze Verwirrung mit der sexuellen Orientierung schon los. Es gibt nämlich sehr viele Jungs und Männer, die empfinden schwul, können sich aber durchaus vorstellen, mit einer Frau zu schlafen, auch wenn das nicht zu ihren sexuellen Vorlieben gehört. Andere bezeichnen sich eindeutig als schwul, obwohl sie jahrelang verheiratet waren und ihre Frau sehr geliebt haben.

Viele Schwule, die sich in ihrer sexuellen Orientierung noch unsicher fühlen, hoffen, bisexuell zu sein, obwohl sie eigentlich schwul sind. Dieser Selbstschutz kann eine Krücke sein und ermöglicht ein langsames „Hinübergleiten“ ins Schwulsein. Oft sind nur diejenigen darüber verärgert, die wirklich bisexuell sind, weil man ihnen immer wieder unterstellt, sie würden nur bluffen und könnten eigentlich nicht zu ihrem Schwulsein stehen. Aber es gibt sie wirklich, die Bisexuellen, denen sozusagen die gesamte Menschheit als potenzielle Partner und Partnerinnen zur Verfügung steht.

Wie man Klarheit bekommt

Die Phase der Unsicherheit kann länger oder kürzer sein, je nachdem, wie deine sexuelle Orientierung ist. Jungs und Männer, die auch heterosexuelle Anteile haben, sind oft über einen längeren Zeitraum hinweg verunsichert als Jungs und Männer, die eindeutig schwul sind. Einige gehen zunächst noch Beziehungen zu Frauen ein, weil sie ihre schwulen Anteile nicht wahrhaben wollen – bis sie sich irgendwann darüber im Klaren sind, was sie wirklich wollen. Im Übrigen gibt es auch Männer, die sich immer für schwul gehalten und sich dann irgendwann in eine Frau verliebt haben. Denn die sexuelle Orientierung kann sich im Laufe des Lebens ändern – auch wenn das eher die Ausnahme als die Regel ist.

Jetzt aber zurück zu der Frage, wie du für dich selbst eine Antwort finden kannst. Eigentlich ist das gar nicht so schwer.

Bin ich schwul? Antworten auf eine schwierige Frage

- Wenn du sexuelle Gefühle zu Jungs und Männern hast und dich in Jungs und Männer verliebst, bist du schwul. Dabei kann es durchaus sein, dass du auch etwas für Mädchen und Frauen fühlst. Allerdings nicht so stark wie für Männer.
- Wenn du sexuelle Gefühle zu Jungs und Männern und gleichermaßen zu Mädchen und Frauen hast, dich in beide Geschlechter verliebst und dich nach Liebe und Sex mit ihnen sehnst, bist du bisexuell.
- Wenn du sexuelle Gefühle zu Mädchen und Frauen hast und dich in Mädchen und Frauen verliebst, bist du heterosexuell. Dabei kann es durchaus sein, dass auch sexuelle Gefühle für Jungs und Männer da sind. Die sind dann aber nicht so stark wie die für Frauen.

So einfach ist das. Oder doch nicht? Hand aufs Herz: Die meisten wissen, was sie wollen, auch wenn sie es nicht wissen wollen. Wenn du die Angst verlierst, schwul zu sein, wirst du innerlich entspannter, und dann ist es nur noch eine Frage der Zeit, bis du dir über deine Gefühle im Klaren bist. Auch wenn die Klarheit darin besteht, dass du dich bewusst zu keiner der Kategorien zuordnen willst.

Oft können im Übrigen auch die sexuellen Fantasien das Geheimnis lüften. Wer bei der Selbstbefriedigung an Männer denkt, hat zumindest schwule Anteile. Aber Vorsicht: Manche Schwule blenden ihre homosexuellen Fantasien aus, um sich vor der Erkenntnis, dass sie schwul sind, zu schützen.

Benjamin

Benjamin (20) kam über einen Zeitraum von mehreren Monaten zu mir in die psychologische Beratung, weil er wegen seiner sexuellen Orientierung stark verunsichert war. Er hatte zwar schon sexuelle Erfahrungen mit Frauen gemacht, träumte aber immer wieder davon, auch mal mit einem Mann ins Bett zu gehen. Bei der Selbstbefriedigung stimulierte er sich zunächst mit Gedanken an Frauen, kam aber nur dann zum Orgasmus, wenn er an einen Mann dachte. Er hatte keine Probleme damit, schwul oder bi zu sein, aber es quälte ihn, dass er sich nirgends so richtig zuordnen konnte. Es dauerte einige Sitzungen, bis er sich von dem Druck befreit fühlte, unbedingt wissen zu müssen, in welche der sexuellen Kategorien er gehört, und er ließ die Dinge einfach auf sich zukommen. Dann verliebte er sich heftig in eine Arbeitskollegin. Monatelang war er damit beschäftigt, um sie zu werben. Während dieser Zeit trat die Frage nach der sexuellen Orientierung völlig in den Hintergrund – bis die beiden dann das erste Mal miteinander schliefen. Beim Sex merkte Benjamin, wie sich seine Lust steigerte, wenn er sich vorstellte, seine Freundin sei ein Mann. Das erschreckte ihn. Nun glaubte er, doch schwul zu sein, und es folgte erneut eine Zeit der Verwirrung.

Noch einmal ermunterte ich Benjamin, die Frage nach der sexuellen Orientierung hintenanzustellen und stattdessen die homosexuellen Fantasien zuzulassen. Schließlich bereiteten sie ihm große Lust, und er konnte den Sex mit seiner Freundin auf diese Weise besser genießen. Benjamin gelang es nach einer Weile tatsächlich, sich mit seinen schwulen Fantasien anzufreunden und sie als etwas Bereicherndes anzuerkennen, ohne in Verwirrung mit seiner sexuellen Orientierung zu geraten. Er begriff, dass es nicht darum ging, sich sexuell zuzuordnen, sondern die vielfältigen sexuellen Empfindungen als einen Teil von sich anzunehmen.

Warum man schwul wird

Vielleicht hast du dich irgendwann schon einmal gefragt, warum du schwul geworden bist. Auch viele Eltern wollen das wissen – häufig fürchten sie, bei der Erziehung versagt zu haben. Doch die Antwort ist eindeutig: Man weiß es bis heute nicht!

Ich glaube, dass es für ein schwules Selbstbewusstsein wichtig ist, sich mit dieser Frage auseinanderzusetzen. Aber auf eine andere Weise, als nach einer Antwort zu suchen. Es geht nicht darum herauszufinden, was Homosexualität verursacht – vielmehr gilt es, die Frage nach den Ursachen selbst in Frage zu stellen. Wer aufhört, nach der Entstehung von Homosexualität zu fragen, ist näher an einer anderen, selbstbewussteren Sicht der Dinge.

Ich kann mich noch gut erinnern, als der Ostberliner Wissenschaftler Günter Dörner die Ergebnisse seiner Rattenversuche in einer Talkshow vorstellte. Das war in der zweiten Hälfte der achtziger Jahre. Den Ergebnissen zufolge wurde Schwulsein durch Hormonschwankungen während der Schwangerschaft ausgelöst. Ich fand das damals riesig interessant und wollte mehr darüber wissen. Vergeblich. In derselben Sendung saßen nämlich auch ein paar Lesben und Schwule, die den armen Herrn Dörner gar nicht zu Wort kommen ließen. Das ärgerte mich, weil es doch endlich eine Antwort auf die drängende Frage zu geben schien, warum wir schwul sind. Ich weiß zwar nicht, was aus Dörners schwulen Ratten geworden ist, aber irgendwann begriff ich, was Lesben und Schwule an dem Thema so sehr aufregt: Wenn man nach den Ursachen für etwas fragt, dann meist in der Absicht, ein Problem zu lösen. Wenn wir erforschen wollen, was Gewalt verursacht, dann unter dem Aspekt, die Menschen friedlich zu machen, also Gewalt zu verhindern.

Bei Homosexualität ist es ähnlich. Man will die Ursachen kennen, um Homosexualität zu vermeiden oder zu „heilen". Selbst wenn Forscher noch so laut beteuern, nur Verständnis für eine Minderheit erzeugen zu wollen, so ist das nur die halbe Wahrheit. Denn Ursachenforscher gehen von der Annahme aus, Schwulsein sei krank oder nicht normal. Aber da hakt das Ganze doch schon. Was krank macht, sind Verbote, Demütigungen und Diskriminierungen. Früher sollten Schwule mit Elektroschocks, Gehirnoperationen, Hormonen oder jahrzehntelangen Psychotherapien heterosexuell gemacht werden. Im Endeffekt wurden die „Patienten" immer unglücklicher, während es den „Therapeuten" zunehmend besser ging, weil ihre Kassen klingelten. Doch die „Behandlungen" blieben allesamt erfolglos, was die Stimmung der „Patienten" sicher auch nicht gehoben hat. Der mangelnde Erfolg ist aus heutiger Sicht betrachtet kein Wunder, denn die eigentliche Ursache für die Depressionen lag ja nicht im Schwulsein selbst. Sie lag in der gesellschaftlichen Bewertung von Homosexualität, die so verachtend war, dass man am Ende nur noch krank werden konnte.

Im Übrigen weiß man heute, dass Schwulsein nicht durch Erziehung entsteht. Eine Psychotherapie hilft da also wenig. Es würde auch kein guter Mediziner oder Therapeut die homosexuelle Orientierung therapieren, denn nirgendwo steht geschrieben, dass Homosexualität Depressionen oder andere seelische Beschwerden verursacht. Heterosexualität tut das ja auch nicht! Und Schwule, die mit sich und ihrer Sexualität im Reinen sind, werden alles andere wollen, als ihre sexuelle Orientierung zu ändern!

Wenn du dein Schwulsein nicht nur tolerierst, sondern dich dafür schätzen und mögen kannst, wirst du die Frage nach der Entstehung deiner Homosexualität immer überflüssiger finden.

Das heißt aber nicht, dass nicht mehr geforscht werden sollte – ganz im Gegenteil. Doch eine emanzipierte Forschung würde Homo- oder Heterosexualität nicht mehr bewerten. Zum Beispiel könnte man fragen: Wie entstehen sexuelle Orientierungen allgemein? Wie kommt es, dass jemand heterosexuell, homosexuell oder bisexuell empfindet? Wie entstehen die vielen Facetten von ausschließlich oder vorwiegend heterosexuell über bisexuell bis hin zu vorwiegend oder ausschließlich lesbisch oder schwul? Das wären Fragen im Sinne von: Wie kommt es, dass sich Frauen anders verhalten als Männer, Indonesier anders als US-Amerikaner oder Gymnasiasten anders als Gesamtschüler?

Meines Wissens wurde nicht wirklich wertfrei geforscht. Eine Ausnahme bildet der Schweizer Psychoanalytiker Fritz Morgenthaler, der nicht nur nach den Ursachen für Homosexualität gefragt hat, sondern auch nach denen für Heterosexualität.

Was Eltern dazu bewegt, Homosexualität zu hinterfragen

Auch viele Eltern fragen sich, woran es liegen könnte, dass ihr Sohn schwul ist. Hinter diesen Fragen stecken oft Selbstvorwürfe: Was habe ich falsch gemacht? Habe ich als Mutter versagt? Habe ich ihn vielleicht zu sehr an mich gebunden? Oder konnte ich ihm als Vater nicht vermitteln, was es heißt, ein Mann zu sein?

Solche Zweifel gehen davon aus, dass es ein Makel ist, schwul zu sein. Sonst hätte man ja nichts „falsch" gemacht. Eltern fragen sich ja auch nicht, was für ein Kindheitstrauma dafür verantwortlich ist, dass ihr Sohn Spaghetti mag und keinen Spinat. Nach allem, was ich oben geschrieben habe, kann es also nicht darum gehen, eine Antwort auf solche Fragen zu finden. Ganz im Gegenteil: Man erleichtert sich das Leben, wenn man alle Selbstzweifel über Bord wirft. Eine Antwort findet man ohnehin nicht. Wie will man das auch schaffen, wenn selbst Wissenschaftler im Dunklen tappen?

Vorurteile überprüfen

Vorurteile sind die größten Hürden beim Coming-out. Denn sie haben eine jahrhundertealte Tradition und sich zum Teil tief in das gesellschaftliche Bewusstsein eingegraben. Und damit auch in die Köpfe vieler Schwuler.

Sie sind so wirksam, weil sie auf die sexuelle Verletzbarkeit eines Menschen abzielen. Wer sich zum Beispiel dem Vorurteil ausgesetzt fühlt, er sei ein Schwächling oder würde kleine Jungs verführen, fühlt sich beschämt und gedemütigt. Wichtig ist, solche Vorurteile nicht einfach zu übernehmen und gegen sich selbst zu richten, sondern sich mit ihnen auseinanderzusetzen, sie zu hinterfragen und natürlich auch zu entkräften. Sie lassen sich oft einfacher bewältigen, wenn man ihren geschichtlichen, sozialen und psychologischen Hintergrund versteht. Dann wird deutlich, dass sie mehr mit denen zu tun haben, die sie hegen und pflegen, als mit den Schwulen selbst.

Homosexualität ist krank oder gegen die Natur!

Diese Ansicht ist nach wie vor der „Renner" unter den Vorurteilen und hat viel mit einer grundsätzlichen Einstellung zur Sexualität zu tun. Es ist noch gar nicht so lange her – 19. Jahrhundert, Nazizeit, fünfziger Jahre – da wurde Sexualität mit Zeugung gleichgesetzt. Das heißt: Alles, was der Zeugung diente, war normal und gesund, alles andere pervers, krank und gegen die Natur. Diese vereinfachte Sicht der Dinge betraf nicht nur Schwule: Der weibliche Orgasmus wurde lange Zeit ignoriert, weil er, biologisch gesehen, für die Fortpflanzung ohne Bedeutung ist. Ähnlich ging man mit der Selbstbefriedigung um: Jugendliche wurden gefesselt und in Betttücher gewickelt, um sie daran zu hindern, ihren Penis oder ihre Klitoris zu streicheln. Streng genommen hätte nach den damaligen Moralvorstellungen selbst ein Zungenkuss pervers sein müssen.

Diese Zeiten sind glücklicherweise vorbei, und die meisten Menschen haben kein schlechtes Gewissen mehr dabei, wenn sie im Bett Spaß haben, ohne dass dabei ein Kind entsteht. Wer aber weiterhin behauptet, Schwule seien krank oder gegen die Natur, der müsste auch Heterosexuelle dahingehend überprüfen, ob sie sich im Sinne der Fortpflanzung verhalten. Viele tun das nicht, denn sie entscheiden sich zugunsten von Karriere und Beruf für ein Leben ohne Kinder, gehen zu Prostituierten, ohne Kinder zu zeugen, sehen sich Pornos an, wohl kaum, um sich dabei fortzupflanzen, verhüten, verlieben und trennen sich um der Beziehung und nicht um der Fortpflanzung willen, praktizieren Petting, onanieren oder geben sich ausgefallenen Sexualpraktiken wie Fetisch und S/M hin.

Es ist an der Zeit, dass dieses Vorurteil endlich dahin kommt, wo es hingehört: in die Mülltonne!

Homosexualität ist unnormal!

Eigentlich könnten wir mit der Schulter zucken, denn irgendwo ist da ja was dran. Zahlenmäßig sind wir tatsächlich „unnormal". In Deutschland ist es normal, deutsch zu sein, und nicht normal, hier Türke, Engländer oder Libyer zu sein. Es ist normal, Haare auf dem Kopf zu haben, und nicht normal, eine Glatze zu tragen. Doch leider wird die Zahlennorm von den meisten Menschen bewertet: Wer zur Mehrheit gehört, ist „richtig", wer zur Minderheit gehört, ist „falsch". Auch das gilt es zu hinterfragen. Popstars zum Beispiel sind in der Minderheit, ernten aber in aller Regel eine Menge an Ruhm und Anerkennung. Im Übrigen zeigt die Geschichte, dass sich Mehrheiten schon einmal fürchterlich geirrt haben.

Schwule verhalten sich unchristlich!

Es kann zu einem großen Problem werden, wenn man Christ ist und das Gefühl hat, mit seinem Schwulsein gegen die christliche Lehre zu verstoßen. Ich persönlich bin zwar davon überzeugt, dass weder Gott noch eine andere höhere Macht, wie immer man sie auch nennt, etwas gegen Schwule haben. Aber ich erlebe es in Beratungen hin und wieder, dass Schwule stark in einem Glaubenskonflikt sind. Oft hat es keinen Zweck, dann eine Diskussion über die Bibel zu beginnen oder die Kirche zu verurteilen. Dagegen kann es helfen, sich mit fortschrittlich denkenden Vertretern der Kirche zu treffen und zu versuchen, eine sexualfreundliche Haltung sich selbst gegenüber zu entwickeln.

Im Endeffekt sollte es nicht das Ziel sein, den Glauben aufzugeben oder das Schwulsein – Letzteres kann man sowieso nicht aufgeben –, sondern beides miteinander zu vereinbaren. Im Adressteil findest du Ansprechpartner.

Homosexualität entsteht durch Verführung!

Man kann einen Menschen nicht zu einer sexuellen Orientierung verführen. Wie soll das gehen? Schwule werden ja auch nicht hetero, nur weil sich ihnen eine Frau nähert. Die „Verführungstheorie", die noch nie wissenschaftlich belegt werden konnte, ist eines der ältesten und unsinnigsten Vorurteile gegen Schwule. Sie unterstellt Schwulen, aggressiv vorzugehen und andere „rumkriegen" zu wollen. In der Nazizeit kostete dieser Unsinn viele Schwule das Leben, denn der „Reichsführer SS" Heinrich Himmler rechtfertigte damit unter anderem die Einweisung in die Konzentrationslager. Heute wissen wir, dass die sexuelle Orientierung sehr vielseitig sein kann. Natürlich kann es passieren, dass jemand nach einer Begegnung mit einem Mann feststellt, schwule Anteile zu haben. Das ist jedoch nicht auf Verführung zurückzuführen, sondern auf die Vielfalt sexueller Möglichkeiten: Es wurden Gefühle geweckt, die zuvor noch nicht bewusst waren.

Nach meiner Erfahrung spielt dieses Vorurteil zumindest bei Jugendlichen heute keine allzu große Rolle mehr. Die wenigsten glauben im Ernst, dass man jemanden zum Schwulsein verführen kann. Viele ältere Menschen dagegen tragen dieses Zerrbild noch mit sich herum.

Schwule erkennt man sofort!

Das stimmt und stimmt nicht. Es gibt Schwule, die machen keinen Hehl aus ihrem Schwulsein und zeigen das auch nach außen. Anderen merkt man es überhaupt nicht an. Man sollte vermeiden, Klischees zu bedienen und vorschnell zu urteilen. Allzu oft liegt man daneben, und die schrillste Tunte entpuppt sich plötzlich als größter Frauenheld.

Aber davon einmal abgesehen: Was ist eigentlich schlimm daran, Schwule zu erkennen? Wenn alle sexuellen Orientierungen gleichberechtigt nebeneinander bestehen könnten, wäre das gar kein Thema mehr. Geschäftsleute erkennt man ja auch auf den ersten Blick. Genauso wie Frauen, Rothaarige oder Förster.

Schwule sind weiblich! Oder in der verschärften Variante: Schwule sind Schlappschwänze oder Weicheier!

Jetzt geht's an die Substanz! Man kann einen Mann kaum mehr verletzen, als dass man ihm seine Männlichkeit aberkennt. Ich wage zu behaupten, dass die meisten Schwulen, die ein negatives Gefühl zu ihrem eigenen Schwulsein haben, besonders unter diesem Vorurteil leiden.

Man sollte sich aber fragen, was die Begriffe „weiblich" und „männlich" für Assoziationen und Gefühle auslösen. Auch wenn es Vielen nicht bewusst ist: Frau zu sein bedeutet noch immer, dem Geschlecht zweiter Klasse anzugehören. Wir denken, wir seien aufgeklärt, fortschrittlich und emanzipiert, messen aber insgeheim mit zweierlei Maß: Eine Frau, die sich in einer Männerwelt durchsetzt, finden wir cool; einen Mann, der sich Haushalt und Kindern widmet, beäugen wir mit gemischten Gefühlen. Auch finden es viele Eltern toll, wenn sich ihre Tochter wie ein Junge verhält, Fußball spielt, sich rauft oder sich gegen andere Jungs durchsetzt. Dagegen ängstigt es Eltern, wenn ihr Sohn den Wunsch verspürt, mit Mädchen zusammen zu sein, sich wie ein Mädchen zu kleiden oder mit Puppen zu spielen. Die Freude der Eltern über das Verhalten der Tochter rührt daher, dass sich die Tochter Eigenschaften aneignet, die wir dem männlichen Geschlecht zuordnen, das wir insgeheim als das bessere Geschlecht bewerten. Man ist stolz, wenn sich die Tochter männlich präsentiert – es ist wie ein Umsteigen in die Wagen der ersten Klasse. Dagegen fürchten die Eltern des „weiblichen" Sohnes, mit ihm stimme etwas nicht. Ein Junge, der sich wie ein Mädchen verhält, erzeugt bei vielen Eltern Unwohlsein, Befremdung und Angst.

Wenn wir uns für unsere weiblichen Anteile schämen, dann deswegen, weil wir sie als „nicht einem Mann angemessen" abqualifizieren. Damit machen wir uns aber ungewollt zum Komplizen derjenigen, die Probleme mit Weiblichkeit und Homosexualität haben. Vielmehr geht es darum, die Scham zu überwinden und zu sich selbst zu finden. Es ist egal, ob andere etwas als weiblich oder männlich definieren – wichtig ist, dass es dir mit deinem Schwulsein gut geht. Dann kann dich auch das Vorteil, Schwule seien weiblich, nicht mehr verletzen.

Im Abschnitt „Schule" habe ich mehr dazu geschrieben.

Schwule laufen gerne in Frauenklamotten rum!

Natürlich gibt es sie: Schwule, die sich wie Frauen kleiden, auch wenn das längst nicht alle tun. In der Szene heißen sie Tunten, Fummeltrinen oder liebevoll Transen. Der Begriff Transe kommt von Transvestit, eine psychiatrische Bezeichnung für Männer, die sich Frauenkleidung überziehen und darüber Leidensdruck entwickelt haben. Normalerweise jedoch fühlen sich Tunten in ihrer selbst gewählten Frauenrolle pudelwohl. Anders als Transsexuelle, die das Gefühl haben, im falschen Körper zu sein.

Von tuntig spricht man, wenn sich Männer in Mimik und Gestik weiblich verhalten. Auch Lederschwule sind manchmal tuntig, obwohl sie nach außen hin die andere, die männliche Seite repräsentieren. Im Grunde genommen ist das alles nichts weiter als ein lustvolles Spiel mit männlichen und weiblichen Rollen.

Tunten treiben den Kult um Männlichkeit auf die Spitze, indem sie uns zeigen, dass man keinen breiten Gang, keine herausgestreckte Brust und keinen coolen Blick braucht, um männlich zu sein. Wenn du ein Coming-out als Tunte erlebst, bedeutet das, noch einen Schritt weiter zu gehen als Schwule das ohnehin tun müssen: Du musst innere Bilder von männlich und weiblich noch intensiver hinterfragen und läufst Gefahr, in deiner geschlechtlichen Identität verunsichert zu werden. Ein Coming-out als Tunte ist wie ein zweites Coming-out.

Manchmal haben Tunten auch in der Szene einen schweren Stand. Am CSD sind sie ja noch ganz witzig, aber ansonsten will man nicht viel mit ihnen zu tun haben. Einige Schwule vertreten die Auffassung, „richtige" Schwule sollten sich „ganz normal" verhalten. Solche Ansichten wiederholen das, was wir selbst als Schwule oft genug erlebt haben: Ausgegrenzt zu werden, weil wir nicht die Anforderungen erfüllen, die man gemeinhin von einem „richtigen" Mann erwartet.

Schwule haben einen tief sitzenden, oft unbewussten Frauenhass!

Das war früher in Mediziner- und Psychologenkreisen ein beliebtes Vorurteil. Besonders das „unbewusst“ setzt dem Ganzen noch die Krone auf, denn wenn es unbewusst ist, dann kann man auch nichts dagegen tun. Aber: Wenn man es sich genau überlegt, ist dieses Vorurteil unlogisch. Denn das hieße ja, dass heterosexuelle Männer andere Männer hassen würden, heterosexuelle Frauen andere Frauen und Lesben Männer. Und wen hassen dann Bisexuelle?

Schwule denken immer nur an Sex!

Auch nicht mehr oder weniger als heterosexuelle Männer. Es kann natürlich sein, dass Männer insgesamt mehr an Sex denken als Frauen. Das ist aber unabhängig von der sexuellen Orientierung. Und überhaupt: Warum sollte man nicht an etwas denken, das schön ist? Wahr ist aber, dass sich Schwule eine Kultur geschaffen haben, in der man ziemlich schnell und einfach zu Sex kommen kann. Das verführt manche zu dem Glauben, wir würden dauernd an Sex denken.

Andererseits ist dieses Vorurteil wieder einmal ein Relikt aus prüden Zeiten. Damals betrachtete man Schwule als „triebgesteuerte“ Wesen, die geifernd und sabbernd durch Parks schlichen und sich an unschuldigen Kindern und hilflosen Männern vergriffen. Wenn man Minderheiten demütigen will, dann unterstellt man ihnen einen zügellosen Sexualtrieb. Den Juden unter Hitler erging es nicht anders.

Schwule sehen immer so gut aus!

Ich weiß auch nicht, woran das liegt.

Äußeres Coming-out

Die schwierigste, aber auch die wichtigste Phase des Coming-outs ist es, anderen das eigene Schwulsein mitzuteilen – ein Prozess, der äußeres Coming-out genannt wird. Für viele Schwule ist das der Start in ein neues Leben, in dem man sich nicht mehr verstecken muss. Oft geht das äußere Coming-out mit einer grundsätzlichen Veränderung einher: Man löst sich gerade von den Eltern, zieht in eine andere Stadt oder ins Ausland oder beginnt eine Ausbildung oder ein Studium. In einem neuen Umfeld ist es eben leichter, neu anzufangen.

Zwar ist es grundsätzlich in Ordnung, sich nicht zu outen und sein Schwulsein als mehr oder weniger großes Geheimnis mit sich herumzutragen. Viele Männer werden mehr oder weniger zufrieden alt damit. Doch ein ständiges Versteckspiel kann auf die Dauer belastend werden. Die sexuelle Orientierung ist zwar nur ein Teil unserer Persönlichkeit, aber sie ist ein wichtiger Teil, denn wenn wir sexuell unzufrieden oder gar unglücklich sind, wirkt sich das auf unser gesamtes Wohlbefinden aus.

Im Übrigen stört es die Beziehungen zu anderen Menschen, wenn wir einen wichtigen Teil unseres Lebens verheimlichen müssen. Wie soll gegenseitiges Vertrauen entstehen, wenn uns andere von ihren Beziehungen erzählen und wir irgendetwas von einem Mädchen oder einer Frau stammeln, die wir angeblich gerade kennengelernt haben? Schwule, die sich verstecken, müssen schauspielern und dabei aufpassen, dass ihnen kein Fehler unterläuft. Viele erleben es daher als eine große Erleichterung, wenn sie es der Welt endlich mitgeteilt haben.

Doch es sollte nichts übereilt werden, denn es gibt keine Garantie auf stehende Ovationen, wenn wir anderen von unserer Homosexualität erzählen. Ich selbst gehöre nicht zu denjenigen, die sagen, man sollte sich immer und unbedingt outen. Ganz im Gegenteil: Ich finde, du solltest gut prüfen, wem du dich öffnen kannst und wem nicht. Erst wenn das eigene Selbstbewusstsein stabil genug ist und man sich stark genug fühlt, mögliche Tiefschläge einzustecken, ist es auch sinnvoll, sich zu outen. Viele Männer öffnen sich erst, wenn sie eine schwule Beziehung führen oder erste sexuelle Erfahrungen mit anderen Jungs und Männern gemacht haben, weil sie sich dann sicherer fühlen und besser zu ihren Gefühlen stehen können. Wenn dir unwohl dabei ist, es einem bestimmten Menschen zu sagen, dann lass es und warte ab. Je selbstbewusster du wirst, desto weniger können dich andere verletzen.

Eltern

Die Auseinandersetzung mit den Eltern über das eigene Schwulsein ist immer etwas Besonderes, ganz einfach, weil die Beziehung zu den Eltern etwas Besonderes ist. Schließlich sind sie die ersten Menschen, denen wir auf dieser Welt begegnet sind. Das prägt. Den meisten Schwulen geht es nicht gut damit, wenn sie sich vor den Eltern verstecken müssen. Das Schwulsein ist ein so wichtiger Aspekt im Leben eines Mannes, dass viele sich insgeheim wünschen, dafür von den Eltern Respekt und Anerkennung zu erhalten. Viele söhnen sich erst dann mit ihrer Homosexualität aus, wenn die Eltern Bescheid wissen.

Insofern sagen es die meisten auch irgendwann ihren Eltern. Schwule, die es verheimlichen, vermeiden zwar den offenen Konflikt, bleiben aber unterschwellig doch damit beschäftigt. Denn ein dauerndes Versteckspiel strengt an. Entweder muss man den Eltern etwas vorspielen oder man grübelt ständig, ob und wie man es ihnen nun beibringen soll.

Clemens, 28, beschäftigt sich seit mehr als zehn Jahren damit, ob er es sagen soll oder nicht. Seine Eltern sind streng katholisch, und der Vater hatte vor Jahren eine schwere Herzoperation. Clemens befürchtet, dem Vater gesundheitlich zu schaden, wenn er von seinem Schwulsein erzählen würde. Also hat er sich irgendwann entschieden, nichts zu sagen. Doch das hat bittere Folgen. Jedes Mal, wenn er seine Eltern besucht, bleibt der wichtigste Teil seines Lebens außen vor. Die Gespräche sind schleppend und belanglos, und es tauchen immer wieder Fragen nach einer Freundin auf, die Clemens ausweichend beantwortet. Jeder in der Familie ahnt es eigentlich, aber keiner will darüber sprechen. Bei seinen Besuchen verspürt Clemens den Drang, schnellstens wieder wegzufahren. Es ist offensichtlich, dass die Beziehung über kurz oder lang ganz einschlafen wird.

Eine Eltern-Kind-Beziehung kann nur dann lebendig bleiben, wenn beide Seiten über wichtige Dinge im Leben des anderen informiert sind. Was will man sich sonst sagen? Worüber will man sich unterhalten? Und ganz ehrlich: Die meisten Eltern wissen, was Sache ist, auch wenn niemand darüber spricht. Nur wenn man den Streit und die Auseinandersetzung wagt, wird man Lebendigkeit und Vertrauen herstellen können.

Auch für das eigene Ego ist es hilfreich, sich dem Eltern-Comingout zu stellen. Denn eine Konfrontation mit den Eltern bedeutet gleichzeitig, dass wir einmal mehr gezwungen sind, zu unserem Schwulsein zu stehen.

Doch niemand sollte sich dabei unter Druck setzen. Manche Jungen und Männer erzählen es zuerst Freunden oder in der Schule, weil der Schritt, es den Eltern zu sagen, noch zu groß ist. Zu Freunden hat man oft mehr Distanz als zu den Eltern – und ist ihnen doch vertraut. Das ist eine gute Mischung.

Andere ziehen es vor, zuerst mit den Eltern zu sprechen, bevor sie es anderen sagen, gerade weil die Eltern so vertraut sind. Auf jeden Fall sollte man den richtigen Zeitpunkt abwarten. Der ist immer dann, wenn man das Gefühl hat, es jetzt sagen zu wollen. Wann das sein wird, ist sehr individuell und hängt von der eigenen Befindlichkeit, aber auch von der Art der Beziehung zu den Eltern ab. Wenn, wie bei Clemens, der Vater streng katholisch und obendrein herzkrank ist, braucht es vielleicht eine größere Überwindung als bei Eltern, die mit Homosexualität offen und gelöst umgehen können.

Karin und Peter

Sehr viele Eltern reagieren inzwischen selbstverständlich und gelassen auf die Nachricht, einen schwulen Sohn zu haben. Karin und Peter aus Berlin zum Beispiel. Deren Sohn Benjamin war 16, als er es ihnen gesagt hat.

Karin: „Ich hatte mich schon oft gefragt, ob einer meiner Söhne schwul sein könnte. Aber nicht etwa, weil ich Angst davor hatte, sondern weil man im Fernsehen oder in der Zeitung so viel über Schwule mitkriegt. Eines Tages kam Benny vor der Schule zu mir und fragte mich, ob ich nachmittags Zeit hätte – er müsse mal mit mir reden. Ich dachte, entweder hat er Liebeskummer oder er ist schwul! Nach dem Mittagessen haben wir uns ins Wohnzimmer zurückgezogen, und dann hat Benny ausgepackt: Angeblich wusste er seit zwei Tagen, dass er auf Jungs steht. ‚Wie', sagte ich, ‚seit zwei Tagen – wie geht denn das?‘ Er meinte, er sei morgens wach geworden, und dann sei die Sache klar gewesen. Und jetzt wollte er einen Freund kennenlernen! Ich habe schon einen Schrecken gekriegt, das muss ich zugeben. Einen ziemlich großen sogar, obwohl ich immer dachte, das macht mir gar nichts aus. Das klang plötzlich so endgültig! Das erste, was mir durch den Kopf schoss, war der Gedanke an Enkelkinder. Ich habe mir aber nichts anmerken lassen und mich schnell wieder beruhigt. Dann haben wir in einer Stadtzeitung die Adresse von einer Beratungsstelle gefunden, die Coming-out-Gruppen anbietet. Da ist Benny dann hingegangen und hat, soviel ich weiß, ziemlich lange daran teilgenommen.“

Ihr Mann Peter hat nicht ganz so gelassen reagiert:

„Meine Frau hat mir gleich nach dem Abendessen alles erzählt. Als allererstes habe ich gedacht: ‚Was hast du da bloß falsch gemacht?‘ Am nächsten Tag ging ich zu meinem Kollegen in der Firma und erzählte ihm von Benny. Wir haben lange miteinander geredet, über mich, über Schwule, über Vorurteile und vor allem auch über Männlichkeit. Er meinte, dass das doch alles kein Problem mehr sei heutzutage und dass ich mir nicht so einen Kopf darum machen soll. Seine Reaktion hat mich etwas beruhigt. Benny gegenüber hab ich aber so getan, als wäre das für mich ganz normal, hab ihm auch gesagt, er kann jederzeit zu mir kommen, wenn er Probleme hat. Aber mir selbst hat das ganz schön zu schaffen gemacht. Ich hab mich gefragt, ob ich kein richtiger Vater und auch kein richtiger Mann für ihn war.“

Väter

Viele Schwule sprechen zuerst mit der Mutter und erst anschließend mit dem Vater, sofern sie sich beim Vater überhaupt outen und das nicht der Mutter überlassen. Eine Studie kam zu dem Ergebnis, dass nahezu die Hälfte aller Befragten im Alter von 15 – 25 Jahren dem Vater die eigene Homosexualität nicht hat mitteilen können. Über ein Viertel muss sogar langfristig damit leben, von ihm wegen des Schwulseins abgelehnt zu werden! (Ministerium für Frauen, Arbeit und Soziales, Niedersachsen 2001)

Väter können oft nicht mit der Homosexualität ihres Sohnes umgehen. Viele fragen sich, ob sie bei der Erziehung oder mit ihrer eigenen

Männlichkeit versagt haben. Das ist insofern ein recht trauriges Kapitel, weil schwule Söhne genauso wie heterosexuelle die Anerkennung ihres Vaters benötigen, um selbstbewusst ins Leben treten zu können. Tiefenpsychologisch betrachtet hat der Vater (oder jede andere, männliche Bezugsperson) sogar eine wichtige Funktion: Er verhilft dem Sohn von der frühesten Kindheit bis zur Adoleszenz, sich aus der Identifikation mit der Mutter zu lösen und auf der anderen Seite, der Seite der Männer, anzukommen. Vereinfacht ausgedrückt: Indem der Vater seinen Sohn als Mann anerkennt, kann der Sohn leichter ein Gefühl männlicher Identität entwickeln. Verweigert der Vater seinem Sohn aber die Bestätigung, bleibt der Sohn in seiner Männlichkeit verunsichert.

Väter verweigern die Anerkennung, weil sie – oft unbewusst – selbst über ein unsicheres männliches Identitätsgefühl verfügen, auch wenn sie sich das oft nicht anmerken lassen und sich hinter einer „männlichen“ Fassade verschanzen. Ein verunsicherter Vater aber wird mit der Homosexualität seines Sohnes nicht umgehen können, weil das Outen des Sohnes eigene Ängste in ihm berührt. Die darauf folgende Ablehnung des Sohnes ist ein Spiegel dessen, wie der Vater selbst mit seinen „weiblichen“, homosexuellen Impulsen umgeht: voller Abwehr und Aggression. Es wäre für Väter und Söhne hilfreich, wenn sie über ihre Ängste, die Homosexualität bei ihnen auslöst, ins Gespräch kommen könnten. Denn dann hätten diese unbewussten Verstrickungen nicht mehr eine solche Macht, und es könnte Nähe entstehen.

Eine traurige Erfahrung mit seinem Vater machte Carsten, 32:

„Ich war damals 20. Es war die Zeit nach meinem Abitur, und ich arbeitete als Paketzusteller in Dortmund. In meiner Mittagspause lud mich mein Vater in ein teures Restaurant in der Dortmunder Innenstadt ein. Er sagte, er wolle einiges mit mir besprechen. Einige Tage zuvor hatte ich meiner Mutter erzählt, dass ich schwul bin. Sie hatte fast hysterisch reagiert, geweint, mir Vorwürfe gemacht, aber am Ende gesagt, ich müsse mein eigenes Leben leben. Es war beruhigend, dass sie das noch anfügte. Meine Eltern lebten getrennt. Ich bat meine Mutter, mit meinem Vater über mich zu sprechen. Ich hing sehr an ihm, fürchtete aber auch, dass er mich fallen lassen würde, wenn er erfuhr, dass ich schwul bin. Er hat oft abfällig über Schwule geredet, und ich dachte, es würde sicher nicht leicht werden. Als er mich zum Essen einlud, war ich sicher, dass er mit mir über mein Schwulsein reden wollte. Wir trafen uns also im Restaurant, und ich war sehr nervös. Ich erwartete einen Vortrag oder dass er mir ein schlechtes Gewissen machte. Aber nichts geschah. Er erzählte von beruflichen Problemen, Stress im Büro und so weiter. Dann irgendwann, ich hielt es kaum noch aus, fragte ich ihn, ob Mutter meinetwegen mit ihm geredet hätte. Er reagierte gar nicht, erzählte weiter vom Büro und von seiner Sekretärin, die gekündigt hat und von seinem Kollegen, der in den Augen meines Vaters ein beruflicher Versager war. Nach etwa zehn Minuten fragte ich ihn erneut – dieses Mal war es so, dass ich meinen ganzen Mut zusammennehmen musste. Mir war kalt, ich wäre am liebsten aufgesprungen und gegangen. Doch er antwortete: „Es gibt Dinge auf der Welt, die sind so pervers, dass es darüber nichts mehr zu sagen gibt. Ich glaube, wir haben uns verstanden!" Gab mir zwei freundschaftliche Klapse auf die Wange und erzählte weiter vom Büro" (zitiert aus „Gemischte Gefühle", Joachim Braun, Beate Martin, Rowohlt 2000).

Wenn Eltern ein Problem mit Schwulen haben, liegen die Gründe dafür bei ihnen selbst

Um auf einen möglichen Konflikt mit den Eltern gut vorbereitet zu sein, solltest du verstehen, was Eltern beschäftigt, wenn sie von der Homosexualität ihres Sohnes erfahren. Denn oft hat deren Reaktion weniger mit uns als Schwulen zu tun als vielmehr mit ihnen selbst.

Johanna, 45, ist Lehrerin, lebt in Fulda und weiß seit zwei Jahren, dass ihr jüngster Sohn Sebastian, 18, schwul ist. Das Interview mit ihr war sehr aufschlussreich, da sie im Laufe des Gespräches immer mutiger von ihren Gefühlen zu Schwulen und zu ihrem Sohn gesprochen hat. Möglicherweise spricht sie stellvertretend für viele Mütter. Um den Prozess im Gespräch nachvollziehbar zu machen, gebe ich das Gespräch in der Form des Interviews wieder:

Wie haben Sie erfahren, dass Sebastian schwul ist?

Das war vor zwei Jahren. Sebastian kam von einer Klassenfahrt wieder und war irgendwie verändert – gar nicht mehr so fröhlich, abwesender als sonst. Eines Tages habe ich ihn beiseite genommen und ihn gefragt, was los ist. Er fing an zu weinen und sagte, dass er sich verliebt habe.

Ich fragte ihn: „Wer ist denn die Glückliche?" und dann sagte er: „Sven aus meiner Klasse."
(Pause. Johanna weint.)

Das scheint Sie sehr getroffen zu haben ...
Getroffen ist gar kein Ausdruck. In mir ist eine Welt zusammengebrochen.

Was war so schlimm?
Schlimm war, dass ich mir Sorgen um ihn gemacht habe. Ich wollte immer, dass meine Kinder glücklich werden. Aber als Homosexueller kann man nicht glücklich werden.

Warum nicht?
Wenn zum Beispiel Freunde von uns zu Besuch kommen und bei uns im Wohnzimmer sitzen und reden und Sebastian sitzt dabei und dann macht irgendein – Verzeihung – irgend so ein Scheißkerl einen Schwulenwitz, dann bricht es mir das Herz." (weint wieder)
Sie machen sich Sorgen um ihren Sohn. Aber wie geht es Ihnen persönlich mit Schwulen?
Für mich ist Homosexualität nicht gleichwertig mit Heterosexualität. Ich kann da nicht aus meiner Haut raus. Ich werfe meinem Mann vor, dass er Sebastian kein richtiger Vater war. Ich kenne einige Schwule, mit denen ich beruflich zu tun habe, und die sind alle auch sehr nett. Aber wenn sich jemand tuntig verhält oder in Leder rumläuft, dann finde ich das abstoßend.

Was mögen Sie an den Schwulen, die Sie kennen?
Mir gefällt, dass die auch weibliche Anteile haben; man kann sich besser mit ihnen unterhalten, sie haben ein größeres Gespür für Ästhetik und viele sehen einfach besser aus.

Aber Tunten haben doch auch weibliche Anteile?
Ja, aber das ist mir zuviel. Da hört's für mich auf. Ein bisschen ist okay, aber zuviel muss nicht sein.

Und was ist mit den Schwulen, die keine weiblichen Anteile haben?

Nein, also das kommt auch nicht in Frage. Leder und so was, das finde ich abstoßend.

Vermissen Sie weibliche Anteile bei ihren heterosexuellen Partnern?
In gewissem Sinne ja. Ich wünsche mir oft, dass heterosexuelle Männer mehr weibliche Anteile zulassen würden. Doch andererseits ist es auch gerade die Andersartigkeit, die mich an heterosexuellen Männern sexuell anzieht. Ich kann Ihnen da keine klare Antwort geben.

Es gibt also auch etwas Reizvolles am Schwulsein?
Nicht nur reizvoll, faszinierend sogar!

Warum dann die Tränen wegen Sebastian?
Wissen Sie, ich mache mir große Sorgen. Die NS-Zeit ist noch nicht lange vorbei und die Vorurteile sind meiner Ansicht nach noch immer gravierend. Ich will nicht, dass mein Sohn einen schwierigeren Weg geht als andere. Ich will nicht, dass mein Sohn wegen Idioten leiden muss. Und ich will auch nicht, dass er berufliche Nachteile hat. Wenn ich mir vorstelle, Heterosexualität wäre gesellschaftlich missachtet und ich müsste mich verstecken und mich zum Schein mit Frauen einlassen – wie furchtbar! Ich will nicht, dass es meinem Sohn so geht.

Aber glauben Sie nicht, dass es vielen Schwulen heutzutage gut geht?
Wenn ich ehrlich bin, nein. Die meisten bleiben allein und werden einsam alt. Die wenigsten können eine befriedigende Beziehung haben. Neulich wollte sich ein Bekannter von uns das Leben nehmen, weil sein Freund sich nicht um ihn gekümmert hat. Was sind das denn für Zustände?

Aber so etwas kommt doch in heterosexuellen Beziehungen ständig vor …
Da haben Sie Recht. Vielleicht sind es auch egoistische Gründe, warum es mir schlecht geht.

Zum Beispiel?
Ich bekomme von Sebastian keine Enkelkinder. Gut, ich habe noch Marissa, aber Sebastian fällt als Erzeuger flach. Ich gebe zu, dass ist gemein, dass ich so denke, aber es belastet mich.

Das ist nicht gemein, sondern ein Aspekt, der viele Eltern beschäftigt. Gibt es noch andere egoistische Gründe?
Hoffentlich halten Sie mich jetzt nicht für bekloppt, wenn ich das sage. Ich sage es besser nicht.

Jetzt machen Sie mich neugierig ...
Es gibt auch etwas Positives an Sebastians Homosexualität: Er geht mir nicht verloren. Eine andere Frau wäre eine Konkurrenz für mich, ein anderer Mann ist es nicht. Ich kann mir einfach nicht vorstellen, dass mir ein anderer Mann meinen Sohn wegnehmen würde; eine Frau würde das ohne Weiteres tun.

Viele Eltern haben erotische Wünsche an ihre Kinder. Die meisten verleugnen sie, weil sie es bedrohlich finden.
Ich weiß nicht, ob es unbedingt erotische Wünsche sind. Vielleicht. Auf jeden Fall merke ich, dass ich Sebastian behalten möchte.

Finden Sie es denn erotisch, wenn zwei Männer miteinander Sex haben?
(langes Schweigen) Wenn ich ehrlich bin, ja. Es macht mich an, wenn zwei Männer miteinander schlafen. Sehr sogar. Gerade das ist mir aber auch unheimlich. Ich habe Angst, dass ich darauf abfahren könnte.

Viele heterosexuelle Männer stehen darauf, wenn zwei Frauen miteinander schlafen. Bei Ihnen hört sich das so an, als müssten Sie Ihre sexuellen Wünsche an schwule Männer sehr im Zaum halten?
Ja, irgendwie schon. Es macht mich auch wütend zu wissen, dass sich Schwule uns Frauen entziehen. Ich denke manchmal, die sehen doch so gut aus und die gehen uns Frauen verloren.

So wie sich Ihr Sohn jetzt auch entzieht.
Ja.

Wie geht es Ihnen denn mit schwuler Sexualität?
(nachdenklich) Ich weiß, es ist absurd, aber bei Heterosexuellen stört mich Analverkehr nicht – bei Homosexuellen stößt er mich ab.

Warum?
Weil der passive Teil der Beziehung irgendwie degradiert wird; aber ein Mann, der sich degradieren lässt (zögert) ... ist in meinen Augen unmännlich.

Könnte es sein, dass Sie fürchten, dass Ihr Sohn unmännlich und dann für Sie nicht mehr attraktiv ist?
Ist es schlimm, wenn ich „Ja" sage?

Nein, wenn es so ist ...
Mein Gott, ich dachte immer, ich bin so aufgeklärt und jetzt kommt raus, dass ich eigentlich stockkonservativ bin. Es ist wirklich so, dass ich nicht will, dass Sebastian in die Rolle einer Frau schlüpft. Er verliert dann an Attraktivität.

Der „richtige" Heterosexuelle, der keine weiblichen Anteile hat, ist eben doch reizvoller?
(lacht) Es ist schon unglaublich, wie widersprüchlich Gefühle sein können. Ich weiß selber nicht, was eigentlich los ist. Aber das ganze Thema berührt mich an der Basis. Ich wünsche mir einfach nur, dass Sebastian glücklich wird.

Du bist nicht für deine Eltern verantwortlich

Viele Eltern brauchen Zeit, um sich mit dem Schwulsein ihrer Söhne anzufreunden. Diese Zeit sollte man ihnen auch gewähren. Aber du solltest gut darauf achten, wie es dir dabei geht. Wenn Eltern versuchen, dich für deine Homosexualität verantwortlich zu machen oder dir Schuldgefühle vermitteln, solltest du klare Grenzen setzen. Schließlich hast du dir die sexuelle Orientierung nicht ausgesucht! Auch musst du aufpassen, dich nicht für die Gefühle deiner Eltern verantwortlich zu fühlen. Es ist nicht deine Aufgabe, dafür zu sorgen, dass es deinen Eltern mit deinem Schwulsein gut geht. Da müssen sie schon selber mit klar kommen. Und die meisten schaffen das ja auch, wenn sie den ersten Schrecken überwunden haben.

Ralf ist 23 und lebt in Hannover. Sein Vater verhielt sich ähnlich wie Johanna, kreiste um sich selbst und konnte nicht auf das eingehen, was sein Sohn von ihm brauchte. Vielmehr war Ralfs Coming-out der Startschuss für eigene Ängste und Sorgen. Hier ist Ralfs Geschichte:

„Es war im Frühling 2000. An einem Wochenende bin ich in die Nähe von Schweinfurt gefahren, wo meine Eltern wohnen. Sie hatten mich gebeten, an diesem Wochenende bei ihnen im Restaurant zu helfen – zwei Kellnerinnen waren krank geworden. Wegen des schönen Wetters war mit einem Gästeansturm zu rechnen. Heike, meine Schwester, und Achim, mein Schwager, waren auch gekommen. Zusammen mit meiner Mutter saßen wir in einem kleinen Wohnraum, der neben dem Gastraum liegt, und unterhielten uns. Mein Vater stand in der Küche und bereitete das Essen für die Gäste vor. Irgendwann fragte meine Mutter, ob ich inzwischen mal „was Weibliches" gefunden hätte – Hannover sei doch eine große Stadt. Ich habe bei der Frage so einen Schrecken bekommen, dass ich gar nicht nachgedacht habe und es mir rausgeplatzte: „Nein, aber was Männliches." Meiner Mutter fiel die Kinnlade nach unten – sie stand auf, sagte „Ach so" und ging hinter den Tresen, um Bier zu zapfen, obwohl nur zwei Männer dort saßen, die sie gar nicht gerufen hatten. Ich wollte hinterher, doch meine Schwester, die schon lange Bescheid wusste, meinte, ich solle sie in Ruhe lassen, das müsse sich erst einmal setzen. Mir war aber ganz mulmig. Dann bin ich ins Bad gegangen und habe mir eine heiße Wanne gemacht. Es war ein komisches Gefühl: Seit Ewigkeiten wollte ich es meinen Eltern sagen, und nun war es raus – einfach so!

Als ich in der Wanne saß, kam meine Mutter rein. Sie hatte dicke Augen vom Weinen. Sie meinte, das wäre alles kein Problem für sie, und sie hätte es sowieso schon längst gemerkt. Sie wollte es auf jeden Fall Vater erzählen. Ich war froh, dass sie das tat, weil ich es ihm nicht selber sagen wollte. Als ich mich angezogen hatte und wieder in den Wohnraum kam, sagte Mutter, dass Vater sich vor Schreck nach oben verzogen hätte. Ich sollte ihn erst einmal in Ruhe lassen. Meine Schwester sei bei ihm und würde sich um ihn kümmern. Hinterher habe ich erfahren, dass er auf dem Sofa gelegen und teilnahmslos an die Decke gestiert hat. Wie im Delirium hat er immer wieder gejammert, ich wäre kein richtiger Mann und womit er das alles verdient hätte. Meine Schwester saß bei ihm und tupfte ihm den Schweiß von der Stirn. Mein Vater, das Opfer!

Mittlerweile wurde das Restaurant immer voller. Mutter stand immer noch mit dicken Augen hinter dem Tresen und bemühte sich, mit zwei Besoffenen ein Gespräch zu führen. Ich hab das alles nicht verstanden. Warum hat sie den Laden nicht einfach dicht gemacht? Warum hat sie sich stattdessen das Gelalle von den Kerlen angehört?

Mein Schwager machte sich inzwischen in der Küche zu schaffen, während meine Schwester und ich die Gäste bedienten. Wir haben uns die Beine abgerannt, so voll war es. Angeblich hatte Vater eine Beruhigungspille genommen und gedroht, er würde am liebsten die ganze Packung fressen. Meine Schwester war wohl so wütend geworden, dass sie ihm die ganze Packung hingestellt hatte und meinte, er könne sich ja bedienen. Man muss sich das mal vorstellen – nur weil ich schwul bin!

Irgendwann rief mein Schwager aus der Küche, wir sollten mal kommen. Das klang fast panisch. Ich dachte mir schon, dass es was mit mir zu tun hatte. Mein Schwager stand am Küchenfenster und zeigte hinaus. Da ging mein Vater torkelnd mit einem Luftgewehr in Richtung Wald! Meine Schwester schrie: „Jetzt reicht's" und lief hinterher. Man muss dabei bedenken, dass sich die Gäste fast stapelten. Mein Schwager folgte. Als ich auch noch raus wollte, weil es ja so ganz nebenbei um mich ging, hielt mich meine Mutter fest. Es wäre besser, wenn ich mich zurückhalten würde, weil Vater das nicht verkraften würde. Dieses zerbrechliche Häufchen Elend! Ich war so wütend, dass ich am liebsten nach Hannover zurückgefahren wäre – Scheiß auf die Gäste! Heute ärgere ich mich, dass ich das nicht getan habe. Nachdem meine Schwester und mein Schwager meinen Vater wieder „eingefangen" hatten, lag er den ganzen Abend weiter auf dem Sofa und wimmerte. Nur leider waren wir zu beschäftigt, um ihm Luft zuzufächeln."

Tipps für Eltern

- Wenn Sie erfahren, dass Ihr Sohn schwul ist, dann nehmen Sie sich Zeit, um die Nachricht zu verarbeiten.
- Machen Sie sich keine Vorwürfe, wenn die Nachricht Sie erschreckt. Das hat nichts damit zu tun, dass Sie konservativ oder intolerant sind. Vielleicht waren Sie einfach nicht darauf vorbereitet.
- Teilen Sie Ihrem Sohn ruhig mit, dass Sie Zeit brauchen, und nutzen Sie den Rückzug, um eine andere Einstellung zu Homosexualität zu bekommen.
- Oft kann es helfen, mit anderen zu reden und sich Rat und Informationen zu holen. Sprechen Sie mit Freunden und Bekannten oder suchen Sie eine Beratungsstelle auf – *Pro Familia,* lesbisch-schwule Beratungsstellen oder der Bundesverband für Eltern von Homosexuellen (www.befah.de) können Ihnen sicherlich weiterhelfen.
- Vermeiden Sie es, sich selbst Vorwürfe zu machen, denn die Erziehung hat nichts mit der sexuellen Orientierung zu tun. Auch hierzu gibt es Informationsmaterial.
- Vermeiden Sie es, Ihrem Sohn Vorwürfe zu machen, denn niemand sucht sich seine sexuelle Orientierung aus.

Schule

Wenn Schüler zu mir in die Beratung kommen und Unterstützung beim Coming-out in der Schule suchen, dann gehe ich die Sache sehr vorsichtig an. Denn man sollte gut abwägen, ob das Klima es zulässt, sich zu outen oder nicht.

Dafür spricht ...

... wenn deine Mitschüler tolerant und offen sind und du dich mit deinem Schwulsein einigermaßen gefestigt fühlst, steht einem Outen nichts im Wege. Ganz im Gegenteil: Manchmal ist es ganz hilfreich, sich zuerst in der Klasse zu outen, wo man vielleicht auch viele Freunde hat, bevor man es den Eltern sagt. Im Grunde genommen geht es bei jedem Outen darum, ein größeres schwules Selbstbewusstsein zu erlangen und damit auch mehr Lebensqualität. Je mehr Menschen, die uns wichtig sind, wissen, dass wir schwul sind, und je mehr positive Rückmeldungen wir bekommen, desto selbstsicherer werden wir. Viele Jungen, die sich in ihrer Klasse oder an ihrer Schule outen, erleben das als große Erleichterung. Und viele Mitschüler reagieren tolerant, akzeptierend, interessiert und neugierig. Daher ist es grundsätzlich zu begrüßen, wenn sich jemand in der Schule outen will.

Dagegen spricht ...

... ein schwulenfeindliches Klima in der Klasse! Wenn du dich obendrein sehr verletzbar fühlst, kann ein Outen zu einem regelrechten Spießrutenlauf werden. Denn die Schule ist vor allem ein Arbeitsplatz, der einem zeitlich viel abverlangt; Schüler verbringen fünf bis sechs Tage die Woche in der Schule. Wenn die Mitschüler verletzend reagieren – und manchmal reicht es schon, wenn nur ein oder zwei das tun –, ist man den Schikanen der anderen fast täglich ausgeliefert. Darunter leidet nicht nur das Selbstwertgefühl erheblich, auch die Leistungen können nachlassen, und womöglich misslingt ein erstrebter Abschluss.

Ein Lehrer erzählte mir die Geschichte eines Schülers, der sich nur bei zweien seiner Mitschüler geoutet hat und sonst bei niemandem, also auch nicht bei Eltern oder Lehrern. Er bat die Jungs, es niemandem zu sagen, doch die beiden Plappermäuler tratschten es überall herum, und es dauerte nicht lange, da wurde der Schüler zum Gespött der ganzen Klasse. Noch immer wollte der Schüler sich keine Hilfe holen, so sehr schämte er sich für sein Schwulsein. Als der Lehrer auf das Problem aufmerksam wurde, war es bereits zu spät. Die Leistungen des Schülers hatten rapide nachgelassen, und er verließ die Schule noch vor dem Abitur, weil er die täglichen Demütigungen nicht mehr aushielt.

„Warnend und fördernd“

Ich habe mit Stefan Witte, 36, gesprochen, der an einer Berliner Gesamtschule Mathematik und Englisch unterrichtet und selbst schwul ist. Von ihm wollte ich wissen, wie es ihm als schwulem Lehrer an der Schule geht, wie er die Situation an Schulen grundsätzlich einschätzt und ob er dazu rät, sich zu outen oder nicht.

„Ich habe nie ein Geheimnis daraus gemacht, dass ich schwul bin. Ich dränge es niemandem auf, aber ich sage auch nicht ‚nein', wenn man mich fragt. Als mich Schüler aus meiner Klasse fragten, ob ich schwul sei, habe ich ‚Ja' gesagt. Die Reaktion war angenehm: Die Schüler haben es hingenommen und mich ganz normal behandelt, als sei nichts geschehen. Es hat auch nicht meiner Autorität geschadet. Nur einmal, da hatte ich Pausenaufsicht und bin in ein Klassenzimmer gegangen, wo eine kleine Gruppe von Schülern saß. Allerdings gehörten die nicht zu meiner Klasse. Einer rief: ‚Ey, das ist doch kein Schwulenclub hier!' Dann habe ich ihn vor die Tür gebeten, ihm gesagt, dass das Konsequenzen hätte, und seiner Klassenlehrerin Bescheid gegeben. Von da an war Ruhe – der Schüler hat sich nicht noch einmal so aufgeführt. Sonst habe ich nie irgendwelche Beleidigungen erfahren. Für mich ist mein Schwulsein ohnehin kein Problem – eher für die Schüler. Sie werden durch meine Anwesenheit täglich mit dem Thema konfrontiert und können damit nicht umgehen; vielleicht, weil es ihre Unsicherheiten mit der eigenen sexuellen Orientierung berührt.

Ich selbst bin sehr unsicher, was ich Schülern raten soll, wenn es darum geht, sich zu outen oder nicht. Ich würde mich sowohl warnend als auch fördernd verhalten. Warnend in dem Sinne, als dass der Schüler wirklich sehr gut prüfen sollte, ob die Klasse mit seinem Coming-out umgehen kann. Fördernd, weil ich es grundsätzlich wichtig finde, dass man sich outet – auch in der Schule.

Ich erinnere mich noch gut an einen Jungen, der sich in seiner Klasse geoutet hat. Anschließend ist er gemobbt worden. Mein Kollege und ich haben ihm unsere Unterstützung angeboten und ihm geraten, mit der Klassenlehrerin zu sprechen. Das hat er dann auch getan mit dem Ergebnis, dass sie durchgegriffen und der Klasse einen Vortrag gehalten hat, der sein Ziel erreichte: Das Mobben hörte augenblicklich auf."

Ich selbst habe viele Jahre lang sexualpädagogische Seminare mit Schülerinnen und Schülern geleitet und die Erfahrung gemacht, dass viele Schüler offen für schwule Themen, ja, interessiert daran sind. Die zunehmende gesellschaftliche Toleranz gegenüber Schwulen spiegelt sich auch in den Klassen, und für viele Schüler, die ich kennengelernt habe, dürfte es kein Problem sein, sich zu outen. Aber es gibt eben auch die anderen: Schüler, die sich zynisch, ablehnend oder aggressiv gegen Schwule verhalten. In manchen Klassen ist das Klima so aufgeheizt, dass ich jedem Schwulen sofort davon abraten würde, sich zu outen. Denn man darf nicht übersehen, dass schwule Schüler, die sich soeben geoutet haben, noch sehr verletzbar sind. Viele können den Anfeindungen nichts entgegensetzen, schämen sich für ihre sexuellen Empfindungen und sind den Schikanen hilflos ausgeliefert.

Jeder Schüler, der sich in der Schule geoutet hat und merkt, dass die anderen nicht damit umgehen können, sollte sich unbedingt Lehrern, Eltern oder Freunden anvertrauen. Denn ein tägliches Mobbing hält niemand lange durch. Man kann auch Berater sozialer Einrichtungen (*Pro Familia, Lambda*) ins Vertrauen ziehen. Manchmal ist es besser, die Schule zu wechseln, als sich den täglichen Schikanen auszuliefern.

Schuld sind immer die anderen

Bei vielen Jugendlichen löst Homosexualität noch immer Abwehr aus. In einer 2002 veröffentlichten Jugendbefragung zeigte sich, dass 71 Prozent der Jungen Vorbehalte gegen Schwule haben. Bei den Mädchen waren es knapp die Hälfte aller weiblichen Befragten (Iconkids & Youth, 2002).

Ich wähle bewusst das Wort „Abwehr“, weil ich davon überzeugt bin, dass die antischwule Haltung weniger mit Schwulen als vielmehr mit den Befragten selbst zu tun hat. Viele Jugendliche, die sich über Schwule ereifern, tun das, weil es etwas Eigenes in ihnen berührt. Zum Beispiel fürchten sich viele Jungen vor den „weiblichen“ Anteilen, die sie in die Homosexualität hineininterpretieren.

Mit „weiblichen Anteilen“ meine ich Eigenschaften, die wir intuitiv dem weiblichen Geschlecht zuschreiben, wie zum Beispiel Hingabe, Einfühlung, Passivität, Weichheit oder Schwäche (womit nicht gemeint ist, dass Frauen weich und schwach sind. Vielmehr geht es um innere Bilder, die wir mit uns herumtragen). Diese „weiblichen“ Seiten müssen abgewehrt werden, weil sie eine noch nicht ausgereifte männliche Identität ins Wanken bringen können. Jungen in und kurz nach der Pubertät sind oft noch sehr verunsichert in ihrer männlichen Identität. Einerseits sind sie als Männer dazu erzogen worden, stark zu sein und die Führung zu übernehmen, andererseits wird von ihnen Charme und Einfühlungsvermögen gegenüber Frauen erwartet. Solche doppelten oder ambivalenten Anforderungen an einen „richtigen" Mann verwirren und verunsichern. Je verunsicherter die Jungen aber sind und je mehr sie glauben, einem Bild vom starken Mann entsprechen zu müssen, desto mehr müssen sie ihre „weiblichen" Anteile abwehren. Und was tut man am besten, um die eigene Unsicherheit zu überdecken? Man ereifert sich so offensichtlich über Schwule, dass niemand auf die Idee kommt, man könnte selbst schwul sein. Wer am lautesten gegen Schwule schreit, hat oft auch am meisten damit zu tun.

Natürlich reagieren auch Mädchen oder Frauen abweisend auf Schwule. Auch sie können ein verzerrtes Bild davon haben, wie ein Mann zu sein hat, und ein Schwuler verunsichert sie womöglich in ihrem Männerbild. Manche Frauen ärgern sich darüber, dass sie bei schwulen Männern kein sexuelles Begehren auslösen, und fühlen sich schnell überflüssig, wenn ein Junge oder Mann nicht um sie wirbt. Andere heulen mit den Wölfen und grenzen Schwule aus, weil es gerade im Klassenverband angesagt ist – schließlich will man ja auch bei den Jungs punkten.

Du kannst dich schützen, indem du dir klar machst, dass es nicht an dir liegt, wenn andere dumme Sprüche ablassen oder dich ausgrenzen. Du als Schwuler bist völlig in Ordnung, auch wenn du selbst das vielleicht noch anders siehst. Es sind die anderen, die die Probleme damit haben!

Arbeits- und Ausbildungsplatz

Wer eine volle Stelle hat, ist mindestens an fünf Tagen die Woche auf seinem Arbeitsplatz – das ist mehr Zeit, als wir mit unserem Partner oder mit Freunden verbringen. Insofern sollte man sich gut überlegen, ob man ein ständiges Versteckspiel lange durchhält.

Dietmar

Dietmar ist 27 und lebt in Köln. Es treibt ihm noch heute die Schamesröte ins Gesicht, wenn er daran denkt, wie er sich damals verstellt hat.

„Ich bin Fitnesstrainer und habe als Koordinator in einem großen Fitnessstudio in Köln gearbeitet. In der gesamten Hierarchie des Clubs war ich ungefähr in der Mitte. Die Mitarbeiter waren alle heterosexuell. Viele, auch vom Management, hatten ganz eindeutig etwas gegen Schwule. Der Witz aber ist, dass fast alle, die im Club trainieren, schwul sind! Das muss man sich mal vorstellen: Das Management hat was gegen die, die ihnen das Geld bringen! Weil ich Angst hatte, blöde angemacht zu werden oder nicht aufsteigen zu können – damals wollte ich dort Karriere machen –, habe ich geschauspielert. Ich hatte ganz einfach Angst, meine Autorität zu verlieren oder gemobbt zu werden. Um nicht aufzufallen, habe ich so richtig einen auf Hetero gemacht. Wenn wir Weihnachtsfeiern hatten oder irgendein anderes Fest, habe ich mit Kolleginnen geflirtet – alles nur, damit meine Vorgesetzten denken, dass ich hetero bin. Einmal habe ich mit einer Kollegin richtig anzubändeln versucht. Doch am Ende habe ich das nicht mehr auf die Reihe gekriegt, diese Spaltung. Zum Beispiel, wenn ich im Club die Mitglieder betreute, die ich aus der Szene kannte. Ich dachte dann: ‚In welcher Welt lebst du eigentlich? Hier die Schwulen, wo du eigentlich hingehörst, und da die Heteros, mit denen du eigentlich gar nichts zu tun haben willst!' Nach zwei Jahren habe ich gekündigt. Das war der schönste Tag meines Lebens. Von da ab habe ich mir geschworen, dass ich mich nie mehr so verstellen werde."

Bewusst und klar abwägen

In Dietmars Beispiel kommen zwei Faktoren zusammen, die ein Coming-out bei der Arbeit erschweren: Da ist zum einen ein schwulenfeindliches Unternehmen, das nicht gerade dazu einlädt, sich zu outen. Und da ist zum anderen Dietmar, der sich in seiner schwulen Identität noch nicht gefestigt fühlt. Heute sagt Dietmar, dass ihm ein selbstsicheres Auftreten wahrscheinlich keine beruflichen Nachteile gebracht hätte. Jedenfalls hätte soviel Selbstverleugnung niemand von ihm erwartet.

Dennoch gibt es Situationen, in denen es besser ist, sich nicht zu outen. Zum Beispiel, wenn die Karriere auf dem Spiel steht oder Mobbing droht. Ähnlich wie in der Schule muss man gut abwägen zwischen beruflichem Fortkommen und der Notwendigkeit, sich sexuell zu befreien.

Vielleicht hilft es, sich bei der Entscheidung, ob man sich outen soll oder nicht, Zeit zu nehmen und den Prozess bewusst und durchdacht durchzumachen. Die Frage ist doch, ob man sich versteckt, weil es der Arbeitsplatz verlangt, oder ob vorrangig eigene Unsicherheiten und Ängste die Ursache sind, die nur bedingt etwas mit dem Arbeitsplatz zu tun haben.

Einer Umfrage zufolge outet sich über die Hälfte aller Schwulen an ihrem Arbeitsplatz, und zwar durch alle Berufssparten hindurch. Manche Schwule suchen sich ihren Arbeitsplatz danach aus, ob es möglich ist, sich dort zu outen. Denn über einen längeren Zeitraum hinweg mindert ein ewiges Verstecken die Lebensqualität erheblich.

Freundinnen und Freunde

Wem die Eltern „zu heiß" sind, der outet sich lieber bei Freundinnen oder Freunden. Bei einer Umfrage unter Berliner schwulen Jugendlichen im Alter von 15 – 28 Jahren wurde unter anderem die Frage gestellt, wer, außer den Eltern, von dem Schwulsein der Befragten wisse. Ganz deutlich auf Platz eins landeten Freunde mit 82 Prozent, gefolgt von Freundinnen mit 71 Prozent. Akzeptierend reagierten dabei 86 Prozent der Frauen/Mädchen und 85 Prozent der Männer/Jungen. Zum Vergleich: Bei den Eltern waren es gerade mal 42 Prozent, die ausschließlich positive Reaktionen zeigten (Sie liebt sie, er liebt ihn – eine Studie zur psychosozialen Situation junger Lesben, Schwuler und Bisexueller in Berlin, Senatsverwaltung für Schule, Jugend und Sport, 2000).

Freundinnen und Freunde können beim Coming-out eine Schlüsselrolle spielen, ähnlich wie Geschwister. Einerseits fühlt man sich ihnen verbunden und hat Vertrauen zu ihnen, andererseits ist die Beziehung nicht so nah, wie sie es oft noch zu den Eltern ist. Das hat den Vorteil, dass man unbefangener mit ihnen über schwierige Themen sprechen kann.

Matthias

Matthias zum Beispiel outete sich zuerst bei Freunden, bevor er es seinen Eltern erzählte. Die häusliche Atmosphäre war nämlich alles andere als schwulenfreundlich:

„Ich war 16, als ich sicher wusste, dass ich schwul bin. Zu Hause wollte ich nichts davon erzählen, weil mein Vater und mein Bruder immer so komisch reagiert haben, wenn es um mich ging. Zum Beispiel haben sie blöde Witze gemacht, als ich mir mal die Haare blond gefärbt hatte, von wegen, ich sehe ja aus wie ein Schwuli. Irgendwann ist mein Vater richtig sauer geworden und hat mir die blonden Haare verboten. Er wollte sich nicht vor den Nachbarn blamieren. Ich hab gesagt: ‚Das sind meine Haare, und mit denen kann ich machen, was ich will!'

Mein Bruder ist so ein „richtiger Mann", spielt Fußball und so. Ich geh aber viel lieber zum Standardtanzen, und auch darüber machen sie sich lustig. Mein Vater regt sich auch tierisch darüber auf, dass ich mal Modedesigner werden will. Ob ich eine Tunte werden will, hat er mich neulich gefragt. Mit meiner Mutter komme ich ganz gut klar, aber ich will nicht, dass sie weiß, dass ich schwul bin, weil sie es dann meinem Vater erzählt. Letztes Jahr sind mein Vater, mein Bruder und ich zu einem Campingurlaub nach Italien gefahren – das war die Hölle. Ich kam mir vor wie ein Aussätziger. Sie haben dauernd Fußball gespielt und an mir rumgenörgelt, weil ich nicht mitspielen wollte. Als ich wieder zu Hause war, hatte ich die Schnauze voll von diesem Heteroscheiß. Am liebsten wäre ich ausgezogen. Kurz danach musste ich mit jemandem reden. Meine besten Freundinnen sind Francis, meine Tanzpartnerin, und Anna. Beide sind in meiner Klasse. Eines Abends haben wir uns alle drei bei Francis getroffen. Dann habe ich ihnen gesagt, dass ich schwul bin. Mir war ganz schön mulmig dabei. Anna hat gelacht und meinte, das hätte sie sich sowieso gedacht. Ich glaube, Francis war ein wenig enttäuscht, weil sie mich ganz gerne mag. Aber sie hat sich das nicht so richtig anmerken lassen, und ich habe auch nicht weiter gefragt. Unserer Freundschaft hat mein Coming-out jedenfalls nicht geschadet."

Nachdem er es den beiden Mädchen gesagt hatte, fand Matthias den Mut, sich in der Klasse zu outen. Dann kam die Mutter an die Reihe. Die hatte es wohl schon lange geahnt und fand es auch gar nicht schlimm. Zum Schluss erfuhren es Vater und Bruder. Der Vater regte sich furchtbar auf. Doch Matthias' schwules Selbstbewusstsein war durch den Rückhalt seiner Freunde so gewachsen, dass der Vater nichts mehr gegen seinen Sohn ausrichten konnte. Matthias hatte seinen Weg gefunden.

Partnerin oder Ehefrau

Ein Coming-out bei der Partnerin oder Ehefrau unterscheidet sich in einem wichtigen Punkt von anderen Coming-outs: Es geht dabei immer auch um eine Trennung. Jedes Outen in heterosexuellen Beziehungen ist mit Abschied, Trauer und zerplatzten Hoffnungen verbunden. Vielleicht finden beide Partner irgendwann einmal wieder als Freunde zusammen, vielleicht aber ist es auch eine Trennung für immer.

All das schmerzt natürlich. In vielen Fällen empfinden schwule Männer eine tiefe Zuneigung zu ihrer Ehefrau oder Partnerin und fürchten, sie zu verlieren. Manchmal gibt es auch gemeinsame Kinder, so dass ein Outen gleichzeitig eine Lösung oder Trennung von der Familie bedeutet.

Aus meiner Arbeit als psychologischer Berater, aber auch persönlich kenne ich viele Männer, die sich nach jahrelangen Beziehungen von ihren Partnerinnen getrennt haben, weil sie schwul sind. Auch mein Freund hat über sieben Jahre mit einer Frau zusammengelebt, bevor er merkte, dass er schwul ist. Häufig gelingt es den ehemaligen Paaren, ihre Beziehung auf einem freundschaftlichen Niveau weiterzuführen. Oft sind beide Seiten erleichtert, wenn der schwule Mann seine Homosexualität offen gelegt hat. Denn nichts belastet eine Beziehung mehr als unausgesprochene Probleme.

Heimlich schwul – zum Beispiel Alexander

Alexander, 45, lebt mit seiner Frau und seiner Tochter zusammen. Aus Angst, seine Familie zu verlieren, verheimlicht er seine schwulen Gefühle. Aber vielleicht wäre es für alle Seiten eine Entlastung, wenn seine Frau Bescheid wüsste.

„Meine Familie soll nicht wissen, dass ich homosexuell bin. Ich liebe sie und will weiterhin mit ihnen leben. All das ist schon eine Wahnsinnsbelastung für mich. Aber meine Frau würde es nicht verstehen. Wir sind jetzt seit fast zwanzig Jahren verheiratet. Zwanzig Jahre! Wenn ich ihr jetzt sagen würde, dass ich schwul bin, würde eine Welt in ihr zusammenbrechen. Sie würde mir vorwerfen, dass ich sie all die Jahre betrogen hätte. Und sie hätte ja auch Recht damit. Eigentlich betrüge ich sie täglich, wenn ich fantasiere, mit einem Mann ins Bett zu gehen. Jeden Nachmittag nach der Arbeit fahre ich an einem Parkplatz vorbei, wo sich Männer treffen, an einer Toilette. Vor zwei Jahren habe ich einen Mann dort kennengelernt, Peter. Ich besuchte ihn zu Hause, meistens an Sonntagen. Das lief auch alles ganz gut – bis er mir sagte, dass er sich in mich verliebt hatte. Er wollte, dass ich es meiner Frau sage. Ich habe sofort Schluss gemacht, mir wurde das einfach zu heiß. Doch dann ging es erst richtig los: Manchmal ist er mir nachgefahren, weil er wissen wollte, wo ich wohne. Ich hab eine Wahnsinnsangst gehabt, dass der meine Adresse rausfindet und bei uns zu Hause anruft. Also bin ich immer zu dem Parkplatz gefahren und habe mit ihm geredet. Damit er nicht durchdreht. Irgendwann habe ich ihm die Nummer von meinem Büro gegeben. Ich dachte, wenn wir öfter telefonieren, verfolgt er mich nicht weiter. Die Rechnung ging auf. Mit der Zeit merkte ich, dass ich ihm vertrauen kann. Heute sind wir gute Freunde. Peter ist der einzige Mensch, der weiß, dass ich schwul bin.

Oft denke ich, ich sollte es meiner Frau sagen. Es gibt Zeiten, da kann ich sie kaum ertragen. Weil ich ihr insgeheim vorwerfe, dass sie mich nicht so leben lässt wie ich will. Dann wieder tut sie mir Leid. Sie kann doch nichts dafür, sie weiß ja von nichts! Es ist ein ewiges Hin und Her."

Überrascht, erstaunt und verletzt – zum Beispiel Christiane

Die Wahrheit ist oft leichter zu ertragen als ein jahrelanges Versteckspiel. Deshalb reagieren viele Partnerinnen auch ganz anders, als ihre Männer das befürchten. Natürlich löst es bei den meisten einen Schock aus, wenn sie erfahren, dass ihr Ehemann oder Partner schwul ist. Aber viele atmen kurz danach auf, denn endlich ist etwas ausgesprochen, das die häusliche Atmosphäre über lange Zeit so beeinträchtigt hat. In dem Moment, in dem die Homosexualität offen thematisiert wird, haben Frauen die Möglichkeit, damit umzugehen. Ansonsten sind sie ihren Zweifeln, ihrem Misstrauen und den Stimmungen des Mannes hilflos ausgeliefert.

Christiane, 36, ist Architektin und hat vor über zehn Jahren erfahren, dass ihr damaliger Liebhaber Jan schwul ist. Wie es ihr dabei erging, habe ich im Interview erfahren:

Wie hast du erfahren, dass Jan schwul ist?
Damals lebten wir in Aachen und haben Architektur studiert. Wir hatten aus meiner Sicht eine sehr gute Beziehung. Ich konnte mir gut vorstellen, mit Jan alt zu werden. Zu der Zeit hatte ich eine Affäre mit einem anderen Mann. Da Jan und ich uns alles sagten, habe ich Jan natürlich auch davon erzählt. Am selben Abend hat Jan mir aber gesagt, dass er manchmal darüber nachdenkt, ob er schwul sein könnte.

Wie war das für dich?
Ich war überrascht und erstaunt und verletzt natürlich. Aber dann habe ich das erstmal verdrängt und gedacht: „Vielleicht überlegt er sich das noch anders." In gewisser Weise habe ich das nicht so richtig ernst genommen.

Wie ging es dir denn in dieser Zeit mit Schwulen?
Das war überhaupt kein Thema für mich. Ich kannte bis dahin nur einen Freund, der schwul war; ich hatte aber auch keine Vorurteile oder Bedenken dagegen. Ich habe einfach nicht darüber nachgedacht.

Was passierte dann, nachdem Jan dir das gesagt hat?
Zunächst ging alles ganz normal weiter. Etwa ein halbes Jahr später – wir haben beide im selben Büro gearbeitet, das gegenüber von Jans Wohnung lag – bin ich in der Mittagspause rüber zu Jans Wohnung gegangen. Ich wollte wissen, warum er nicht im Büro war. Sein Mitbewohner war da und meinte, Jan wäre die Nacht über gar nicht zu Hause gewesen. Hinterher kam raus, dass er bei einem anderen Mann übernachtet hat.

Wie ging es dir jetzt?
Das war ein Schock! Ich war ja immer noch davon überzeugt, Jan und ich hätten eine Traumbeziehung. Ich war total wütend und konnte es kaum noch ertragen, mit ihm zusammenzuarbeiten. Wir saßen aber gerade gemeinsam an einem Uniprojekt und ich wusste: Du musst irgendwie damit klarkommen. Das war nicht leicht für mich, wenn er zur Arbeit kam, supergut aussah, supergut drauf war und ich mit der Tatsache fertig werden musste, den Mann fürs Leben verloren zu haben.

Wäre es für dich anders gewesen, wenn Jan dich wegen einer Frau verlassen hätte?

Das kann ich nicht sagen, weil mich noch nie ein Mann wegen einer anderen Frau verlassen hat. Aber mein Selbstbewusstsein war schon sehr angeknackst durch die Trennung, und das wäre mir bei einer anderen Frau ähnlich gegangen. Doch andererseits hätte ich mehr um Jan gekämpft, wenn es eine Rivalin gegeben hätte. Man kann es, glaube ich, schneller akzeptieren, wenn der Partner schwul ist, weil man das sowieso nicht ändern kann.

Wie ging es mit euch beiden weiter?

Kurz danach bin ich für einige Wochen durch die USA gereist. Wir wollten eigentlich einen Teil der Reise gemeinsam machen, aber das hatte sich ja nun erledigt. Als ich nach Aachen zurückkam, nahmen Jan und ich wieder eine Beziehung auf. Doch dieses Mal wusste ich, dass das nur zeitlich begrenzt sein konnte, bis er den nächsten Mann kennenlernen würde. Und das geschah dann auch. Die zweite Trennung von Jan war dann auch nicht mehr so schlimm für mich.

Wie ging es mit eurer Freundschaft weiter?

Sehr gut. Wir haben uns ja nicht getrennt, weil wir uns nicht mehr verstanden haben, sondern weil Jan festgestellt hat, dass er Männer liebt. Zwischen uns blieb aber alles wie früher – bis auf die Tatsache, dass wir nicht mehr miteinander geschlafen haben. Nach der Beziehungstrennung sind wir zusammengezogen, was uns noch näher zusammengebracht hat. Heute verstehen wir uns immer noch so gut wie damals, und das ist alles fast dreizehn Jahre her.

2 Die schwule Szene

Geschichte – Warum es eine Szene überhaupt gibt

Für Heterosexuelle ist das Leben die Szene. Viele heterosexuelle Männer und Frauen lernen sich ganz selbstverständlich bei der Arbeit, in der Straßenbahn, in der Clique oder bei einem Kurs in der Volkshochschule kennen. Auch für Schwule wird es immer einfacher, sich im Alltag zu begegnen. Je mehr Männer zu ihrem Schwulsein stehen, desto wahrscheinlicher wird es, dass sie sich auch außerhalb von Bars, Clubs, Saunen und Parks über den Weg laufen.

Doch diese Freiheiten sind neu. Über Jahrzehnte hinweg bestimmte der §175 das Leben von Schwulen – ein Paragraf, der schwulen Sex unter Strafe stellte. Aus der Not heraus ist damals eine Szene entstanden, die sich auf Bahnhöfe, Klappen (öffentliche Toiletten) und dunkle Parks beschränken musste und mittlerweile zu einer eigenständigen, selbstbewussten Kultur gewachsen ist. Im Grunde genommen hat die Szene ein Jahrhundert altes Coming-out hinter sich.

1900

Die Geschichte des Paragrafen geht bis weit ins vorletzte Jahrhundert zurück. Im preußischen Gesetzbuch von 1851 hieß es damals noch unter dem §143: „Die widernatürliche Unzucht, welche zwischen Personen männlichen Geschlechts oder von Menschen mit Tieren verübt wird, ist mit Gefängnis von sechs Monaten bis zu vier Jahren, sowie mit zeitiger Untersagung der Ausübung der bürgerlichen Ehrenrechte zu bestrafen.“ Nach der Reichseinigung 1871 wurde der Paragraf als §175 in das Strafgesetzbuch übernommen und hielt sich, mit Änderungen, bis 1994!

Die Sexualmoral in der damaligen Zeit wurde von den Kirchen und dem Bürgertum bestimmt. Demnach war Sex nur dann unverfänglich, wenn ein verheiratetes Paar miteinander schlief und der Akt sich auf den Moment der Zeugung beschränkte. Alles, was von dieser Moral abwich, war schlichtweg krank und pervers.

1910/20

Doch um die Jahrhundertwende herum begann eine Zeit, in der man in Deutschland die bürgerlichen Werte überprüfte. Vor allem die Veröffentlichungen des Begründers der Psychoanalyse, Sigmund Freud, trugen dazu bei, dass man die kleinbürgerliche Moral des 19. Jahrhunderts immer mehr in Frage stellte. Sehr vereinfacht ausgedrückt stellte Freud fest, dass die Sexualität ein grundlegendes Bedürfnis des Menschen ist und dass deren Unterdrückung mehr Schaden als Nutzen hervorruft. In den ersten zwei Jahrzehnten des 20. Jahrhunderts begann man, öffentlich und heftig über Sexualität zu diskutieren. Während Vertreter der Kirchen weiterhin auf konservative Werte wie Heirat, lebenslange Treue und Sex nur im Falle der Zeugung beharrten, wagten sich Sexualwissenschaftler, Mediziner, Psychologen und Pädagogen zunehmend mit liberaleren Ansichten an die Öffentlichkeit. Sie forderten legale Abtreibungen, Gleichberechtigung von Frauen und die Straffreiheit für schwulen Sex.

Der Sexualwissenschaftler Magnus Hirschfeld war einer der führenden Persönlichkeiten, die sich für liberale sexuelle Verhältnisse in Deutschland und besonders für die Abschaffung des § 175 einsetzte. Er war maßgeblich daran beteiligt, das Thema Homosexualität ins öffentliche Bewusstsein zu rücken. 1919 eröffnete er das *Sexualwissenschaftliche Institut* – eine Ehe- und Sexualberatungsstelle, die Paaren, Schwulen, Lesben und Menschen mit sexuellen Problemen eine Anlaufstelle bot.

Zur gleichen Zeit wurde auch das Nachtleben bunter: Cabaret, Varieté, schwule Cafés, Bars und Tanzveranstaltungen boten Schwulen jetzt erstmalig auch die Möglichkeit, Kontakte knüpfen zu können, ohne dafür heimlich in Parks zu gehen oder für Sex bezahlen zu müssen. In Berlin, das in puncto Nachtleben europaweit führend war und Menschen aus allen Ländern anzog, wurden vor dem Ersten Weltkrieg um die vierzig schwule Lokale gezählt. Von der Vielfalt der Bars und Kneipen her unterschied sich die Szene gar nicht so sehr von der Szene heute: Es gab elegante Bars, preiswerte Kneipen, Tanzveranstaltungen für Lesben und Schwule und Lokale für alle Altersgruppen. In Zeitungen konnte man Kontaktanzeigen aufgeben, wenn deren Texte auch nicht so offensichtlich und eindeutig wie heute formuliert werden durften. Vor Opernhäusern, Theatern, Bahnhöfen und auf öffentlichen Plätzen herrschte ein reges schwules Treiben. Weiter unten in der Hierarchie der Szeneorte rangierten dunkle Parks, die aber immer noch angesehener waren als öffentliche Toiletten.

Doch so unbeschwert war schwules Leben nicht, denn der §175 zeigte eine verheerende Auswirkung. Hinter jedem potenziellen Sexualpartner, den man in der Szene kennen lernte, konnte sich ein Erpresser verbergen. Daher nahmen Schwule auch nur in den seltensten Fällen ihre Liebhaber mit nach Hause – viel zu groß war die Gefahr, entlarvt zu werden. Wer einmal in den Fängen eines Erpressers war, kam nicht wieder heraus. Oft wurde die Lage für die Erpressten so aussichtslos, dass sie keinen anderen Ausweg wussten, als sich das Leben zu nehmen. Erpresst wurden alle: vom Arzt über den Handwerker bis zum Schüler. Der Stummfilm *Anders als die Anderen* von 1919 thematisierte das Dilemma. Er erzählt die Geschichte von Paul Körner, der wegen seiner Beziehung zu einem jungen Mann erpresst wird – bis Körner am Ende Selbstmord begeht. Doch die Gesellschaft war noch nicht reif für soviel Selbstkritik: Die Zensur stoppte den Film.

In solchen Zeiten hatte das Dunkle, das Anonyme der Szene eine lebenswichtige Funktion: Je schneller, je flüchtiger der Kontakt, desto geringer die Gefahr, entdeckt, verhaftet oder erpresst zu werden. Viele Schwule fürchteten es so sehr, auf einen Erpresser zu stoßen, dass sie es vorzogen, trotz aller Freiheiten in der Dunkelheit des Parks nach Partnern zu suchen, wo sie schnell und mit der Möglichkeit, unerkannt zu bleiben, entwischen konnten.

1930/40

Nur wenige Wochen, nachdem die Nationalsozialisten die Macht übernommen hatten, bekam die Szene das zu spüren: Die meisten schwulen Lokale wurden geschlossen. Einige ließ man in der ersten Zeit noch geöffnet, um Schwule aufspüren und verhaften zu können. Doch bald schon ging man dazu über, die Adressbücher der Verhafteten zu benutzen, um an andere Schwule heranzukommen. Schwule vermieden es, untereinander in Kontakt zu bleiben oder sich nach dem Verbleib von Männern zu erkundigen, die von einem Tag auf den anderen verschwunden waren. Zu groß war die Gefahr, selbst verhaftet zu werden.

Den entscheidenden Schritt, der das Schicksal der Schwulen für die nächsten dreißig Jahre besiegeln sollte, vollzogen die Nazis 1935: Sie änderten den §175. Nun war nicht nur die „widernatürliche Unzucht" – damit war schwuler Analverkehr gemeint – strafbar, sondern bereits gegenseitiges Onanieren. Selbst anzügliche Blicke konnten jemanden ins Gefängnis bringen. Das hatte Folgen für alle Männer, egal, ob sie nun homo- oder heterosexuell waren, denn von nun an konnte jeder in den Verdacht kommen, schwul zu sein. Damit war der Denunziation Tür und Tor geöffnet. Und doch verkehrten Männer sexuell miteinander, jedoch häufig in einer abgewandelten, pervertierten Form. In der Hitlerjugend, in der SS und selbst in den Konzentrationslagern gab es immer wieder homosexuelle Handlungen (anders kann man das nicht nennen!), die von denen ausgeübt, erpresst oder erkauft wurden, die Macht hatten. Oft kam es zu Sadismus und Vergewaltigungen. Mit schwuler Liebe und Sexualität hatte das nichts zu tun.

Die Nazis brachten Schwule zuerst ins Gefängnis und nach Verbüßung der Haft zur „Umerziehung" in Konzentrationslager. Dort bekamen sie als Erkennungszeichen den rosa Winkel. In der Hierarchie der KZ-Insassen befanden sie sich auf der untersten Stufe und waren der Willkür der SS-Männer ausgeliefert, was in vielen Fällen den Tod zur Folge hatte. Sehr viele Schwule wurden in den berüchtigten Steinbrüchen eingesetzt und starben dort an Entkräftung, durch Arbeitsunfälle oder durch Erschießungen und Folter. Der ehemalige SS-Insasse und Arzt Eugen Kogon beschreibt die gesellschaftliche Isolation von Schwulen, wenn auch nur in einem Nebensatz: „Ähnlich wie gegen die Juden, wenn auch in kleinerem und die Öffentlichkeit wenig berührendem Maße, ging die SS gegen die Homosexuellen vor …"

1950/60

Auch nach dem Krieg zeigte sich die Bevölkerung wenig davon berührt, was Schwule in der NS-Zeit erlebt hatten. Stattdessen setzte sich erneut der bürgerliche Mief des 19. Jahrhunderts in deutschen Wohnzimmern fest. Während man einerseits eiligst bestrebt war, die Schrecken der NS-Zeit zu vergessen, hielt man andererseits, was die Sexualität betraf, an konservativen, zum Teil auch an nationalsozialistischen Werten fest. In Westdeutschland blieb der §175 in seiner nationalsozialistischen Version in Kraft, und zwar bis 1969. Schwule, die den Naziterror überlebt hatten, mussten sich weiterhin verstecken. Sie konnten weder Ansprüche auf Wiedergutmachung geltend machen, noch unter Anteilnahme der Öffentlichkeit ihre KZ-Erlebnisse verarbeiten. Respektvolle Reue, wie sie anderen Opfern der NS-Diktatur entgegengebracht wurde, hielt man bei Schwulen nicht für nötig. Einige Männer wurden nach dem Krieg wegen ihrer Homosexualität erneut verurteilt und ins Gefängnis geschickt, obwohl sie bereits im KZ inhaftiert waren!

In der DDR war die Lage etwas menschlicher – zumindest nach dem Gesetzbuch. Der §175 wurde bereits 1950 in seiner nationalsozialistischen Fassung rückgängig gemacht. Er stellte von da ab nur noch schwulen Analverkehr unter Strafe. Aber auch das wurde bereits 1957 geändert: Bestraft wurde lediglich gleichgeschlechtlicher Sex mit Minderjährigen oder Abhängigen oder unter Androhung von Gewalt. 1968 wurde der Paragraf ganz abgeschafft. Dagegen wurde der §151 eingeführt, der Frauen als mögliche Täterinnen mitberücksichtigte. 1988 entfiel auch dieser Paragraf. Das mag zunächst recht tolerant erscheinen. Doch die Staatssicherheit bespitzelte Schwule und Lesben trotz aller gesetzlichen Liberalität.

Das größte Schwulenproblem jener Zeit war es, dass die meisten das Gefühl hatten, mit ihren sexuellen Gefühlen allein auf der Welt zu sein. Es gab nicht diesen Austausch und diese gegenseitige Unterstützung, wie wir es heute kennen. Es gab auch keine Straßenfeste und Paraden, über die die Tagesschau berichtete und durch die sichtbar wurde, wie viele Lesben und Schwule in Deutschland lebten. Im Grunde genommen waren die meisten Schwulen im Stadium des inneren Coming-outs stecken geblieben. Ein äußeres Coming-out war höchstens im engsten Freundeskreis möglich. Viele sind in die scheinbare Normalität der Ehe geflüchtet. Wenn sie Sex haben wollten, mussten sie sich heimlich einen Partner suchen. Oder durch Parks schleichen, sich auf Klappen aufhalten oder bezahlen. Wer Pech hatte, begegnete einem Schwulenhasser oder geriet in eine Polizeirazzia und wurde bestenfalls registriert, schlimmstenfalls verhaftet. Aufgrund der Pressefreiheit gab es zumindest einige schwule Magazine, die über die Lage von Schwulen berichteten. Wie sehr Schwule isoliert waren und welchen positiven Effekt es haben konnte, dass es wenigstens diese Magazine gab, zeigt ein Brief, den ein Leser 1954 an ein Magazin schrieb und den Historiker Hans-Georg Stümke in seinem Buch *Homosexuelle in Deutschland* abgedruckt hat:

„Glauben Sie mir: Ich habe Furchtbares hinter mir. Alles davon kann ich dem Papier nicht anvertrauen. Ich bringe es einfach nicht fertig. Vor wenigen Wochen erst kehrte ich aus einer psychiatrischen Behandlung zurück, in die man mich genommen hatte, nachdem man mich gerade noch von dem zweiten Selbstmordversuch hat abhalten können. Ich war wochenlang völlig apathisch. Bis mir Ihre Zeitschrift in die Hände fiel: Das war das, was ich schon lange suchte. Ihre Artikel geben mir Kraft, reißen mich aus meiner Apathie und verleihen mir neuen Lebensmut, den ich bis dato nie gekannt habe. Billigen werden Sie es wohl nie, aber können Sie wenigstens verstehen, dass es Situationen gibt, wo man an sein eigenes Leben Hand anlegt? Bin ich nach alldem noch wert, ein Glied der menschlichen Gesellschaft zu sein?“

1969 wurde der westdeutsche §175 geändert: Nun war nur noch Sex zwischen einem erwachsenen Mann und einem unter 21j-ährigen Jugendlichen strafbar. 1973 wurde die Altersgrenze auf 18 herabgesetzt. Verglichen mit früheren Zeiten war mit dieser Änderung viel erreicht. Doch Schwule waren Heterosexuellen damit längst nicht gleichgestellt: Heteros wurden nur dann bestraft, wenn ihre Sexualpartnerin unter 16 war.

1969 war auch das Jahr, in dem sich in der New Yorker Christopher Street das erste Mal Lesben und Schwule erfolgreich gegen die Polizei wehrten, die eine Razzia in dem Lokal *Stonewall* durchführen wollten. Dieses Ereignis wird bekanntlich von Lesben und Schwulen mit jährlichen Umzügen zum sogenannten Christopher-Street-Day (CSD) gefeiert. Nun kam eine ganze Menge in Bewegung. Allmählich wuchs bei Lesben und Schwulen ein Gefühl der Stärke. Das erste Mal hatten sie sich gegen Repressionen und Gewalt gewehrt! Das erste Mal wurde vielen bewusst, dass sie nicht alleine dastanden. Das erste Mal gab es eine Alternative zu all den Selbstzweifeln: Man durfte zu seinen sexuellen Gefühlen stehen!

Es war damals auch die Zeit weltweiter Studentenunruhen. In Deutschland wehrten sich Studenten vor allem gegen die bürgerliche Moral der Elterngeneration, die die Zeit des Nationalsozialismus erlebt und mitgeprägt hatte. Es war gleichzeitig auch ein Kampf gegen die verstaubte Sexualmoral des 19. Jahrhunderts, die sich nach 1945 wieder ungehindert hatte ausbreiten dürfen.

1970

Die Studentenunruhen hatten zur Folge, dass sich in den siebziger Jahren auch die Verhältnisse für Schwule lockerten: Die ersten schwulen Saunen nahmen ihren Betrieb auf, schwule Restaurants wurden eröffnet und einige Bars, Kneipen und Clubs erhielten einen Darkroom. Auf politischer Ebene wurde die Schwulenbewegung aktiv, die sich unter anderem für eine völlige Streichung des §175 einsetzte. Doch nach wie vor musste man klingeln und sich durch einen Türspion misstrauisch mustern lassen, bevor man eine meist rot belichtete, plüschige „Homobar“ betreten durfte. Die Angst und das Misstrauen waren immer noch sehr groß. Auch wenn die 68er-Demonstrationen sexuelle Freiheiten für Heterosexuelle erreicht hatten – Schwule blieben nach wie vor eine Minderheit, die in den Köpfen der meisten Menschen seelisch krank war und von der man so gut wie nichts wusste. Der Filmemacher Rosa von Praunheim dokumentierte das Dilemma in dem 1971 erschienenen Film *Nicht der Homosexuelle ist pervers, sondern die Situation, in der er lebt*. Womit er zweifelsohne Recht hatte.

1980

Anfang der achtziger Jahre entdeckte man eine bis dahin unbekannte Krankheit, die man GRID nannte – *Gay Related Immune Deficiency* –, was soviel heißt wie „schwulenbezogene Immunschwäche". Weil das aber diskriminierend klang und die Krankheit nicht nur Schwule betraf, taufte man sie schon bald in Aids um – *Acquired Immune Deficiency Syndrome*, erworbener Immundefekt. Doch mit Aids drohte das soeben gewachsene zarte Pflänzchen schwuler Kultur zugrunde zu gehen. Alte Vorurteile lebten auf: Einige Medien schimpften, wir wären nicht fähig zu „wahrer Liebe", würden dauernd unsere Partner wechseln und hätten nichts anderes als Sex im Kopf.

Tausende starben an der Krankheit, die Szene erlebte einen Schock. Doch trotz allem hatte Aids auch einen positiven Effekt: Plötzlich wurde über Schwule gesprochen, und zwar endlich auch unter Heteros! In den Jahren zuvor hatte man nur kichernd und hinter vorgehaltener Hand das Wort „schwul" in den Mund genommen. Nun wussten selbst die Eheleute Schmidt aus Würfelsfelden – ob sie nun wollten oder nicht – was ein Darkroom ist, wie man durch Klappenwände vögelt und warum man Poppers nimmt. Ein für die Gesellschaft heilsamer Schock, wie sich später gezeigt hat.

Mitte bis Ende der achtziger Jahre kam das Privatfernsehen – ein weiterer Schritt in Richtung Öffnung. Die Sender wurden vielfältiger, bunter und auch das Angebot wurde angesichts der großen Konkurrenz immer breiter und mutiger. Schwule, Lesben, Transsexuelle, Bisexuelle, schwule Väter, lesbische Mütter, Sadomasos, Fetischisten – es gab kaum ein Thema, das nicht in Talkshows und Reportagen aufgegriffen wurde.

1990

So allmählich kamen Schwule auch außerhalb des Fernsehens heraus – im wahrsten Sinne des Wortes. Waren es zuvor nur einige wenige schwule Cafés, die Stühle und Tische vor die Tür gestellt hatten, so konnte man jetzt vielerorts draußen sitzen und sich die Frühlingssonne auf die Nase scheinen lassen. Die Szene erlebte ein äußeres Coming-out.

Durch die Wiedervereinigung gab es einen weiteren Schubs. Die DDR hatte – wie gesagt – den Homosexuellenparagrafen seit einigen Jahren völlig abgeschafft. In Westdeutschland aber war noch der §175 in Kraft. Im Zuge der Angleichung wurde er 1994 ganz gestrichen. Ein wichtiges politisches Ziel der Schwulenbewegung war erreicht – und zugleich auch ihr Untergang besiegelt. Plötzlich stand nicht mehr die Befreiung von Diskriminierung und Unterdrückung im Mittelpunkt, sondern der Körper, die Musik, der Spaß. Man kann auch sagen: Der Körperkult hat den politischen Kampf abgelöst. Auf dem Christopher-Street-Day spielen politische Parolen nur noch eine untergeordnete Rolle – eine Entwicklung, die einige Schwule kritisieren. Doch für viele gilt es jetzt, das Erreichte nach außen zu tragen und zu zeigen, wie vielfältig und bunt schwules Leben sein kann.

2000 – ...

Wenn wir von *Szene* sprechen, dann meinen wir in der Regel Bars, Kneipen, Clubs, Saunen oder Parks. Doch die Szene ist viel differenzierter und umfasst Gruppenaktivitäten wie Selbsthilfegruppen, schwule Sportvereine, politische Aktivitäten, Dienstleistungen wie Reisebüros, Rechtsanwalts- oder Arztpraxen und so weiter. Viele sprechen mittlerweile von einer *community*; einer schwul-lesbischen Gemeinschaft, die mit Dienstleistungen für sich sorgt – und das nicht schlecht. Für Jüngere gibt es Coming-out-Gruppen, für Ältere Gruppen ab 40 oder 50; HIV-Positive finden andere Positive, mit denen sie etwas unternehmen können; schwule Ausgehgruppen sollen einem das leidige Alleine-Ausgehen ersparen; Leder- und S/M-Leute treffen sich genauso wie schwule Behinderte, schwule Christen, Bisexuelle, schwule Ausländer, Transsexuelle und Transvestiten. Natürlich ist das in Mannheim oder Flensburg anders als in Köln oder Berlin. In kleinen oder mittelgroßen Städten ist das Angebot eher „familiär" und beschränkt sich auf wenige Bars und politische Aktivitäten oder Selbsthilfegruppen. Doch die Szene ist dank Internet überall erreichbar. Denn auch im Netz haben sich Schwule längst eine eigene Kultur geschaffen.

Die Szenetreffs, an denen man schnell und unkompliziert Sex haben kann, sind geblieben. Doch im Gegensatz zu damals sind sie nicht mehr ein Ausdruck von Diskriminierung und Gewalt. Sie sind freiwillig. Früher hat man verächtlich auf diejenigen herabgeschaut, die sich bei Wind und Wetter in Parks und auf stinkenden Klos ihre Partner suchen mussten. Heute beneidet uns so mancher Heterosexuelle um unsere Möglichkeiten, schnell und unkompliziert zu Sex zu kommen.

Wie man mit Körperkult und Älterwerden fertig wird

Viele Schwule atmen auf, wenn sie im Coming-out sind und die Szene für sich entdecken. Endlich ist man unter anderen Schwulen, endlich muss man sich nicht mehr verstecken! Man kann sagen, was einem in den Sinn kommt, ohne gleich überlegen zu müssen, ob der andere jetzt die Nase rümpfen oder die Stirn runzeln könnte. Und zu allem Überfluss findet man jetzt überall Männer, die als Liebhaber in Frage kommen, wo doch früher, in der Schule oder in der Clique, die Gefahr, einen Hetero anzumachen, sehr groß war. Und wer will schon gerne einen derartigen Korb einstecken!

Die Szene ist der Ort, wo wir hingehen, wenn wir mit Freunden zusammen sein wollen und wo wir unsere Liebhaber und Partner suchen und bestenfalls auch finden. Mit Szene meine ich nicht nur Clubs, Bars und Park, sondern alles, was die Community zu bieten hat: Gruppenaktivitäten, Dienstleistungen, Kontaktanzeigen, Chats, schwule Infoläden, Saunen und so weiter und so fort. Wir brauchen eine eigene Welt, weil es immer noch nicht selbstverständlich ist, andere Schwule im alltäglichen Leben zu treffen, und ein Hetero günstigstenfalls erstaunt schauen würde, wenn wir ihm im Supermarkt flirtend zublinzeln würden. In der Szene haben wir das hergestellt, was für Heterosexuelle selbstverständlich ist: Dort sind wir in der Mehrheit, dort können wir uns frei bewegen und unbefangen nach Partnern Ausschau halten. Die meisten Schwulen, mit denen ich im Rahmen dieses Buches gesprochen habe, fühlen sich zur Szene hingezogen, betonen aber gleichzeitig, dass sie vieles stört. Zum Beispiel:

Vorbehalte gegenüber der Schwulenszene

- Alle sind immer so cool.
- In der Szene geht es nur darum, jung zu sein und gut auszusehen.
- Einen richtigen Freund lernt man dort nicht kennen.
- Alles dreht sich nur um Sex.
- Alle sind nur auf der Suche.

Ich erinnere mich noch gut an ein Beratungsgespräch, das ich mit Jens, 17, führte. Jens war bisexuell, lebte aber seine schwule Seite noch nicht aus. Eines Tages hatte er sich die Adressen von schwulen Bars und Cafés rausgesucht und ist alleine losgezogen, vielleicht zwei- oder dreimal, bis er dann wieder bei mir in der Beratung saß.

Jens: Also ich hab jetzt die Schnauze voll. Ich will da nicht mehr hin!

Was war denn so schlimm?
Alles. Ich sitze da die ganze Zeit rum – wie soll man denn da jemanden kennenlernen?

Ich verstehe noch nicht ganz, wo das Problem ist?
Das Problem ist, dass alle so cool sind.

Was hast du denn getan, um andere auf dich aufmerksam zu machen?
(schweigt zuerst) Ich habe Zeitung gelesen.

Sehr uncool!
(aufgebracht) Ja, aber was soll ich denn sonst machen? Mich hinsetzen und wie blöde rumglotzen?

Bis jetzt weiß ich ja immer noch nicht so richtig, was passiert ist? Was ärgert dich denn so?

Das ist es ja, nichts ist passiert! Nichts! Niemand hat mich mal angeschaut oder versucht, mit mir zu reden. Wahrscheinlich sehe ich nicht gut genug aus.

Ach, jetzt verstehe ich. Es gab keine stehenden Ovationen, als du den Raum betreten hast, niemand hat vor Schreck sein Glas fallen lassen, und die Männer haben nicht wie Hunde an deinen Beinen geschnüffelt, während du in deine Zeitung vertieft warst. Das ist natürlich sehr ärgerlich. Wie bist du denn mit dieser Niederlage umgegangen?
(schaut verdrießlich vor sich hin) Ich bin nach Hause gefahren und hab mich ins Bett gelegt.

Und dann?
Dann habe ich beschlossen, dass das alles nichts für mich ist.

Darf ich korrigieren?
Ja.

Du hast beschlossen, dass du beschissen aussiehst und wahrscheinlich nie jemanden abkriegen wirst.
(zögerlich) Ja.

Schön sein

Jens brachte es auf den Punkt: In der Szene geht es vordergründig ums Aussehen. Viele Schwule haben Angst, da nicht mithalten zu können und keinen Freund oder Sexpartner zu finden, wenn sie nicht einen perfekten Körper vorzuweisen haben.

Der Kult um die Schönheit hat viel damit zu tun, dass die Szene für Schwule der Kontaktmarkt Nummer eins ist. In der Szene nehmen wir vor allem aufgrund visueller Eindrücke Beziehungen auf. Wer uns äußerlich gefällt, mit dem wollen wir in Kontakt kommen; wer uns nicht gefällt, den ignorieren wir. Die inneren Werte, die erst allmählich entdeckt werden, können sich in der Hektik der Szene oft noch gar nicht so recht entfalten. Insofern geht es darum zu akzeptieren, dass das Aussehen bei Schwulen einen hohen Stellenwert genießt. Gleichzeitig sollte man lernen, damit umzugehen. Jens wertet sich selbst und sein

Äußeres nach einem Szenebesuch ab. Aber Zweifel am eigenen Körper können keine Lösung sein. Zu klein, zu groß, zu dick, zu dünn, schmale Brust, dicker Bauch, schlapper Bizeps, langweiliges Gesicht, zu kleiner Schwanz – darunter leidet irgendwann das Selbstbewusstsein, und das wiederum tötet Lebensfreude und Charme, zwei Dinge, die dich schön für andere machen.

Sven, 20, kam zu mir in die Beratung, weil er Unterstützung beim Coming-out suchte. Eines Tages hatte er eine Kontaktanzeige aufgegeben und sehr viele Antworten erhalten. Doch gleich das erste Treffen verlief für ihn unbefriedigend. Nach einem langen Abend in einem Café sagte der andere, dass er Sven zwar sehr möge, aber der Funken nicht übergesprungen sei. Das kränkte Sven so sehr, dass er keinen weiteren der Männer, die sich auf seine Anzeige gemeldet hatten, anrufen wollte. Hier ist ein Auszug aus dem Beratungsgespräch mit Sven:

Was ging dir durch den Kopf, als der andere das gesagt hat?
Das erste, was ich dachte, war: „Logo, so wie ich aussehe, ist das kein Wunder, dass er nicht will."

Wie siehst du aus?
Ich bin viel zu schmächtig. Guck dir mal meine Schultern und meine Brust an.

Du hast einen schlanken, drahtigen Körper.
Ich weiß, ich bin ein schmaler Typ. Aber das ist nicht das, was die Männer wollen.

Was wollen die Männer?
Mehr kräftige Typen, breite Schultern, stärkere Arme.

Jetzt, wo du es sagst: Ich habe auch noch nie schlanke Männer in Beziehungen gesehen – das ist mir vorher noch gar nicht aufgefallen.
Ja, aber irgendwie ist das doch so. Schau dich doch mal um!

Mir fällt auf, dass du deinen Körper immer unter schlabberigen T-Shirts versteckst. Du willst nicht, dass andere dich sehen.

Es gibt nichts zu sehen. Ich fand mich schon immer zu schmal. Das hindert mich auch daran, die Männer anzusprechen, die mir wirklich gefallen. Wenn ich im Bus einen geilen Typen sehe, dann ist das erste, was mir durch den Kopf schießt, mein Körper. Und dann denke ich: „Lass die Finger davon, der ist sowieso eine Nummer zu groß für dich." Ich wünschte, ich wäre selbstbewusster.

Es ist verständlich, dass man attraktiv und begehrenswert sein will. Jeder Mensch will das. Aber klar ist auch: Nicht jeder findet jeden toll. Abfuhren gehören dazu. Es ist wichtig und hilfreich, eine realistische Einschätzung zum eigenen Äußeren zu bekommen. Wer durchschnittlich aussieht und einem unerreichbaren Schönheitsideal hinterherjagt, wird die Chancen, die er hat, gar nicht nutzen können. Schließlich ist er nur damit beschäftigt, sich schlecht zu fühlen, und blind für das, was er zu bieten hat. Die meisten sehen durchschnittlich aus, und ihnen bleibt nichts anderes übrig, als sich damit abzufinden. Nur wenige stechen durch besonders gutes oder durch besonders schlechtes Aussehen heraus. Frag mal deine Freunde: Männer, die du toll findest, sind vielleicht gar nicht der Typ deines besten Freundes, oder Männer, die dein Freund toll findet, interessieren dich nicht. Oft reizt uns ein Mann, weil er etwas an sich hat, das uns optisch und sexuell sehr anzieht, obwohl wir diesen Mann nicht als gut aussehend bewerten würden. Wer es schafft, sich von diesem Druck zu befreien, wird innerlich entspannter sein – und das macht dann wirklich attraktiv.

Jung sein

Bei den Gesprächen im Rahmen des Buches war ich sehr erstaunt darüber, dass viele nicht nur unter dem Druck stehen, gut aussehen zu müssen, sondern auch denken, in der Szene zähle nur Jugend. Ich hatte vermutet, dass das alles nicht mehr so schlimm ist wie früher. Ich kann mich noch gut daran erinnern, dass meine Mutter mir erzählte, „Homosexuelle" würden mit dreißig schon zum alten Eisen gehören. Damals war ich vielleicht zwölf oder dreizehn und hatte noch keine Ahnung, selber schwul zu sein. Jedenfalls brannte sich das bei mir so tief ein, dass ich das lange Jahre auch geglaubt habe. Schwulsein hieß für mich immer, als über Dreißigjähriger in einer dunklen Erdgeschosswohnung vor der Glotze zu enden und irgendwann anonym auf einer Wiese verscharrt zu werden. Nun bin ich Mitte vierzig, habe eine helle Dreizimmerwohnung, einen Freund, einen Pflegesohn und eine Katze und mir geht es wunderbar. (Meinen Freund habe ich übrigens im fast scheintoten Alter von 38 kennengelernt.) In der Szene fühle ich mich nicht mehr oder weniger beachtet als vor zwanzig Jahren. Natürlich habe ich in einem Club, dessen Besucher durchschnittlich 23 sind, nicht die gleichen Karten wie ein 26-Jähriger, aber ich muss gestehen, dass mir das egal ist.

Mal ganz davon abgesehen, dass ein Club mit ohrenbetäubender Musik ohnehin nicht der günstigste Ort ist, um den Mann fürs Leben zu finden, sind ältere Männer schlecht beraten, wenn sie sich unters junge Volk mischen und dort hoffen, jemanden kennenzulernen, obwohl natürlich auch das passieren kann. Doch die Szene hat andere, „sanftere" Möglichkeiten, um mit jemandem in Kontakt zu kommen: Tanzkurse, Gesprächs- und Aktivitätsgruppen, Kontaktanzeigen. Und die, die alt werden, sind nicht allein: Schon mit meiner Generation werden unzählig viele Schwule alt, die sich in der Öffentlichkeit auch als Schwule zu erkennen geben. Ich habe nicht das Gefühl, mit Mitte vierzig alleine dazustehen. Viele, die jetzt sechzig, siebzig oder achtzig sind, haben es in jungen Jahren gar nicht erlebt, unbefangen im Café zu sitzen und schwule Männer draußen vorbeilaufen zu sehen. Wir müssen aufpassen, nicht die Sorgen und Probleme einer anderen Generation auf heute zu übertragen. Die Angst, älter zu werden, hat mit der Wirklichkeit nichts, aber auch gar nichts mehr zu tun.

Cool sein

Der Druck, jung und schön sein zu müssen, bewirkt, dass sich viele Schwule in der Szene cool verhalten, denn auf diese Weise signalisiert man, für abwertende Blicke oder Kommentare unempfänglich zu sein – auch wenn es tief im Inneren ganz anders aussieht. Cool zu sein ist nichts anderes als ein Panzer, ein Selbstschutz, mit dem man sich unangreifbar zu machen versucht. Niemand soll mitbekommen, wie sehr man Enttäuschung und Abwertung fürchtet. Niemand soll mitbekommen, wie verletzbar man eigentlich ist. Aber so selbstverständlich das auch klingen mag: Hinter einer coolen Maske stecken immer auch Unsicherheit und Angst. Es ist wichtig, sich das bewusst zu machen, sich davon abzugrenzen und nicht jede negative Reaktion, nicht jeden coolen Blick persönlich zu nehmen. Auch der schönste Schwule kocht nur mit Wasser.

„Nichts ist vergänglicher als das Äußere" – Roy über seine Szeneerlebnisse vor und nach einem Unfall

Im Juni 1998 hatte Roy einen schweren Unfall: Während eines Aushilfsjobs in einer Druckerei geriet seine linke Hand zwischen die Druckerwalzen. Seitdem musste er mehr als zwanzig Mal operiert werden. An Oberschenkel und Bauch entfernte man ihm ein großes Stück Haut, um sie für seine Hand zu verwenden. An den operierten Stellen sind Narben geblieben. Roy muss jetzt in einer Welt klarkommen, die nach perfekten Körpern schreit.

„Ich sehe die Dinge aus zwei Blickwinkeln: aus der Sicht eines Gesunden, der ich mal war, und aus der Sicht eines Behinderten, der ich zumindest nach offiziellem Status nun bin, auch wenn ich mich selbst so nicht nennen möchte. Am besten fange ich mit der Zeit vor meinem Unfall an:

Ich war viel in der Szene unterwegs; in der *Busche* (ein Club in Berlin, J.B.) und im „Golfstrom" – so nennt man die West-Berliner Schwulenszene rund um den Nollendorfplatz. Wie die meisten anderen war auch ich auf der Suche nach dem körperlich perfekten Mann. Ich war fixiert auf schöne Männer mit Engelsgesichtern, deren Gesichtszüge ganz eben und klar waren – keine Narben, keine Pickel, kein Bart, keine Brille. Der Körper musste athletisch und durchtrainiert sein und durfte keine Makel aufweisen – keine Rettungsringe, keine Haare auf der Brust, keine körperlichen Einschränkungen, nichts, aber auch gar nichts, was ein perfektes Bild hätte stören können. Mir war es völlig egal, was die Leute beruflich machten oder was sie erlebt haben. Mein Spruch war immer: Ich kann doch nicht mit den inneren Werten ins Bett gehen! Wenn ich beim Sex irgendeinen körperlichen Makel gefunden hätte, wäre sofort Schluss gewesen. Ich hätte gar keine Lust mehr verspürt. Ich weiß, das alles klingt furchtbar brutal, aber es war so.

Mein Selbstbewusstsein in dieser Zeit war schwach. Manchmal fühlte ich mich total begehrt und toll, und am nächsten Tag konnte das völlig umschlagen: Dann stand ich morgens vor dem Spiegel und dachte: „Wie siehst du denn aus?“ Ich hatte von mir selbst ein Bild im Kopf, wie ich auszusehen hatte. Meistens dachte ich, das Gesicht stimmte nicht, und dann war der Tag gelaufen.

Ich hatte auch eine wahnsinnige Angst vor dem Älterwerden. Diese Vorstellung, alt zu sein und niemanden mehr abzubekommen, hat mich sehr beschäftigt. Mit 26 habe ich mich bei anderen als 23 vorgestellt. Ich wollte jung und schön sein und perfekt funktionieren. Wenn jemand gesagt hätte, er stehe auf Schwarzhaarige, dann hätte ich mir sofort die Haare schwarz gefärbt.

Meinen eigenen Körper mochte ich nicht. Ich fand mich zu dünn und habe mir mehr Muskeln gewünscht. In der Szene habe ich aber viel Bestätigung bekommen. Ich bin oft angemacht worden und habe diejenigen, die ich haben wollte, auch bekommen. Obwohl ich sehr schüchtern war. Ich habe mich nicht getraut, jemanden anzusprechen. Die Leute sind auf mich zugekommen und selbst dann habe ich einen auf cool gemacht, aber nicht, weil ich cool war, sondern weil ich Angst hatte – Angst, unperfekt auszusehen. Heute weiß ich, dass ich damals hilflos und unsicher war und alles hinter einer Maske verstecken musste.

Irgendwann habe ich Sebastian kennengelernt, mit dem ich heute noch zusammen bin. Sebastian hat das Engelsgesicht, das ich mir immer gewünscht hatte. Ich habe mich verliebt, und endlich kam auch was zurück. Da störte es mich plötzlich gar nicht mehr, dass da Haare auf der Brust waren.

Dann kam mein Unfall.

Man kann es auch mein zweites Coming-out nennen.

Ich muss dazu sagen, dass ich nie im Entferntesten daran gedacht hatte, dass mir so etwas einmal passieren könnte. Ich hielt mich immer für „unsterblich“.

Ich lag drei Monate im Krankenhaus und wurde viele Male operiert. In dieser Zeit habe ich es öfter mitbekommen, dass sich Menschen getrennt haben, weil der andere „entstellt“ war. Ein Mann zum Beispiel hatte nach einem Unfall eine verkrüppelte Hüfte – seine Frau hat sich irgendwann nicht mehr blicken lassen. Ich hatte furchtbare

Angst, dass Sebastian das Gleiche mit mir machen würde. Ich dachte: „Wenn der die Hand sieht, lässt er dich sitzen!“ Vom Kopf her wusste ich, dass das nicht passieren würde, aber Angst hatte ich trotzdem.

Sebastian hat toll reagiert. Als er mich das erste Mal im Krankenhaus besucht hat, habe ich ihn an mich rangezogen und mich endlich richtig ausgeheult. Er war einfach für mich da.

Nachdem ich entlassen wurde, habe ich die erste Zeit meine Hand versteckt. Ich habe immer langärmelige Pullover oder Sweatshirts getragen, um meine Hand im Ärmel verstecken zu können. Ich muss dazu sagen, dass die Hand damals nicht so aussah wie jetzt, sondern wirklich schlimm – ich übertreibe da nicht. Einmal zum Beispiel, da saß ich in der S-Bahn und mir gegenüber saß eine Frau, die gerade ihren Kuchen ausgepackt hatte und ihn essen wollte. Plötzlich sah sie meine Hand und packte den Kuchen wieder ein. Solche Sachen haben mich immer sehr verletzt.

Ganz schlimm war ein Erlebnis im Zug zwischen Halle und Weimar, das ich kurz nach meinem Krankenhausaufenthalt hatte. Ich saß im Speisewagen, hatte einen Kaffee bestellt und gelesen, als sich plötzlich ein Mann und eine Frau mir gegenüber hinsetzten. Die Frau sah auf meine Hand, und auf einmal begannen die beiden, über Kranke und Behinderte zu sprechen. Sie sagten, es gebe Menschen, die durch einen Unfall oder durch eine Krankheit nicht mehr zu hundert Prozent funktionieren könnten und dass diese Menschen eine finanzielle Belastung für den Staat und für andere seien. Und die, die äußerlich entstellt sind, seien außerdem eine Zumutung. Sie redeten immer weiter über Behinderte – ich hielt meinen Kaffee in der Hand und hörte zu. Ich war sprachlos, wusste nicht, was ich sagen sollte, wurde wahnsinnig wütend und hielt die ganze Zeit meinen Mund. Irgendwann bin ich aufgestanden und gegangen und war so wütend und verletzt, dass ich gar nicht wusste, was ich tun sollte. Sebastian hat mich vom Zug abgeholt, und ich habe ihm gleich erzählt, was passiert ist. Den Tag über konnte ich meine Stimmung noch kontrollieren, aber abends hielt ich es nicht mehr aus – ich bin zusammengebrochen. Ich empfand mich als Zumutung für meine Umgebung, fühlte mich minderwertig, wollte nicht mehr leben. Sebastian hat mir Mut gemacht, aber meine Selbstmordgedanken kamen immer wieder.

Ich bin nicht mehr ausgegangen. Ich habe mich in meiner Wohnung oder bei Sebastian verkrochen und habe Depressionen bekommen. Meine Physiotherapie habe ich auch abgebrochen, denn was sollte mir das noch bringen? Ich fühlte mich wahnsinnig einsam. Der Gedanke ließ mich nicht mehr los, dass ich für mein ganzes Leben entstellt und eine Belastung für andere wäre. Wenn ich in der S-Bahn saß, starrten mich alle an. Ich kam mir vor wie in einer Freak-Show. Zum Teil war das Einbildung, weil ich den ganzen Tag an meine Hand dachte und mich sehr damit auseinandersetzte; zum Teil starrten die Leute aber wirklich. Sex mit anderen Männern schloss ich für mich sowieso für alle Zeit aus, weil ich dachte, dass ich total unattraktiv und überhaupt nicht mehr begehrenswert wäre.

Kurz darauf habe ich bei der Schwulenberatung eine Therapie angefangen. Mein Therapeut hat ebenfalls eine körperliche Einschränkung: Durch eine Sehschwäche ist er fast blind! Er hat mir sehr dabei geholfen zu erkennen, dass es auch ohne einen perfekten Körper geht. Und mit einem Mal ist mir etwas Entscheidendes klar geworden: Nichts ist vergänglicher als das Äußere.

Damit ging es mir besser.

Und dann, es muss im März 1999 gewesen sein, passierte für mich das Unvorstellbare: Nach langer Überredungskunst meiner Freundin Ina bin ich mit ihr in eine Disco gegangen – das war in Weimar. Dort war ein Typ, der mich die ganze Zeit anflirtete, was ich überhaupt nicht verstand, da ich doch überzeugt war, dass mir so etwas nie wieder passieren würde. Jedenfalls ging das ein paar Stunden so und brachte mich total durcheinander. Wie konnte der mich geil finden mit meinen ganzen Narben, mit dieser Hand? Ich verstand die Welt nicht mehr. Ich bin dann zu Ina gegangen, habe sie an den Schultern gepackt, durchgeschüttelt und ihr gesagt, dass ich das alles nicht begreife. Ich wusste nicht, was ich machen sollte. Ina riet mir, ganz einfach zu dem Typen zu gehen und mit ihm zu quatschen. Ich habe mir dann super viel Mut angetrunken und bin hingegangen. Gleich von Anfang an habe ich mit offenen Karten gespielt. Und es war vollkommen in Ordnung für ihn, dass ich so bin, wie ich bin – ihn interessierten weder Narben noch kaputte Hände. Wir haben uns, solange ich noch in Weimar war, so oft wie möglich getroffen. Da lief dann auch was im Bett. Ich war ziemlich überfordert, weil ich mit all dem nie gerechnet hätte. Wir haben viel miteinander geredet, und mir ist viel klar geworden. Ich begann, die Dinge anders zu sehen als früher. Diese ganzen Oberflächlichkeiten, die mich einmal ausgemacht hatten, brachen weg. Ich war auf einmal der Mensch, den ich früher nie beachtet hätte. Nichts war mehr so, wie es mal war, denn ich war nicht mehr der, der ich einmal war. Ich erkannte, dass nicht Perfektion entscheidend ist, sondern die Ausstrahlung, die jemand hat – was er tut und wie er lebt. Äußerliche Attribute sind ziemlich unwichtig geworden. Sicher, ich habe da noch ein bestimmtes Raster, was Männer betrifft, aber das ist heute völlig anders gelagert. Es ist tatsächlich so, dass das wirklich Wichtige unsichtbar ist. Es nützt nichts, eine perfekte Hülle vor sich zu haben, wenn das Innere leer ist.

Ich bin dann wieder ausgegangen. Doch ich muss sagen, ich bin nicht mehr so spontan wie früher. Ich bin heute viel selbstbewusster. Zum Beispiel bin ich es jetzt, der Männer anspricht. Aber doch ist da oft Angst, dass mich Typen ablehnen könnten. Ich kann nicht einfach so mit jemandem mitgehen. Ich muss erst Vertrauen bekommen, muss erst wissen, wie er zu meiner Hand und zu meinen Narben steht. Ich gehe mittlerweile auch nicht mehr in die alten Szeneorte, nicht in die *Busche* – jedenfalls nicht allein – und nicht in den „Golfstrom". Die Zeit ist vorbei.

Jedes Mal, wenn mich jemand wegen meiner Hand abweist, wirft mich das um Wochen zurück. Und es kommt eben immer wieder vor. Einmal zum Beispiel, im *Ackerkeller*, da kam jemand auf mich zu, sah meine Hand und machte irgendeine dumme Bemerkung. Da bin ich zu ihm gegangen und habe gesagt: „Pass auf, ich muss mich nicht mit dir unterhalten! Wenn du ein Problem hast – ich nicht!" Danach ging es mir besser, weil ich meine Wut rausgelassen hatte, anders als bei den Leuten im Zug. Ich will, dass mich Menschen respektieren! Das verlangen sie ja auch für sich. Aber getroffen hat es mich trotzdem.

„Ich gehe nicht mit einem Krüppel ins Bett"

Ein anderes Mal habe ich jemanden in der *Busche* kennengelernt. Wir tanzten eng umschlungen und irgendwann nahm er meine linke Hand in seine. Ich sah in seine Augen, um seine Reaktion zu sehen. Das tue ich immer, wenn jemand meine Hand entdeckt. Dann sagte ich: „Und? Was nun?", und der Typ sagte: „Ich glaube nicht, dass ich mit einem Krüppel ins Bett gehe!" und ließ mich stehen. Das hat mich so verletzt – ich kann das nicht in Worte fassen. Ich brauche die Bestätigung und Akzeptanz von anderen, und wenn so etwas passiert, geht es mir unglaublich schlecht. Ich fühle mich weniger wert als andere, wie ein Außenseiter, und das macht mich wütend und traurig.

Ich mache auch viele positive Erfahrungen. Zum Beispiel hatte ich schon mehrere Affären. Viele sagen, dass es sie gar nicht stört und dass ich nicht bloß das Stück Hand bin, sondern dass da ein ganzer Mensch dahinter steckt. Nur leider setzen sich die negativen Reaktionen immer tiefer bei mir fest als die positiven. Wenn das doch umgekehrt wäre!

Trotz allem geht es mir heute gut. Wenn ich jetzt mein Leben betrachte und ihm eine Schulnote geben müsste, würde ich eine zwei plus geben – meinem alten Leben eine vier."

Roy ist 29 und macht eine Ausbildung zum Mediendesigner.

3 Wie man einen Freund findet

Hürden bei der Partnersuche

Der Wunsch schwuler Männer nach einer Beziehung ist groß: Über neunzig Prozent möchten gerne einen Partner, die Hälfte hat ihn bereits gefunden – Tendenz steigend. Die andere Hälfte sucht also noch. (Aids-Forum DAH: Schwule Männer und Aids. Eine Befragung der Bundeszentrale für gesundheitliche Aufklärung).

Es ist nicht immer einfach, einen Freund zu finden, denn schließlich wollen wir ja nicht irgendjemanden, sondern einen, in den wir uns verlieben und der zu uns passt. Doch die Partnersuche scheint unberechenbar: Manchmal passiert es von ganz alleine, dass wir jemanden kennenlernen, manchmal strengen wir uns an, und nichts geschieht. Da gehen wir dauernd aus, flirten bei jeder sich bietenden Gelegenheit (oder versuchen es zumindest), streunen durch die Szene und stöbern in Kontaktanzeigen oder im Internet – vergeblich! Vielmehr scheint uns jeder Tag, den wir verzweifelt suchen, immer weiter von dem zu entfernen, wonach wir eigentlich schauen.

Gegenseitiges Beschnuppern

Menschen sind zwiespältig. Zum einen wollen sie eine Beziehung, zum anderen haben sie auch Angst davor. Es ist hilfreich, diesen

Zusammenhang zu verstehen, denn im Endeffekt geht es darum, diese widersprüchlichen Gefühle von Wollen und Angst bei sich selbst zu kennen und beim anderen richtig einzuschätzen. Erst dann kann man geschickt damit umgehen. Dazu ein Beispiel: Stell dir vor, vor deinem Haus streunt ein schöner Kater. Du magst Kater und würdest dich freuen, wenn er bei dir einziehen würde. Dem Kater geht es ähnlich: Er ist auf der Suche nach einer Bleibe. Aber er traut sich nicht, deine Wohnung zu betreten, weil er dich nicht kennt. Also gehst du raus und versuchst, ihn zu streicheln. Der Kater weicht zurück. Du bewegst dich auf ihn zu, vielleicht murmelst du ein paar beruhigende Worte. Aber der Kater will nicht – er huscht ins nächste Gebüsch. „Das soll nun jemand verstehen!", denkst du dir. Du suchst, der Kater sucht – warum kommt das blöde Vieh nicht einfach in deine Wohnung? Also machst du einen weiteren Versuch und folgst ihm ins Gebüsch. Zwecklos, der Kater läuft auf und davon.

Beim nächsten Mal bist du vorsichtiger. Du legst ein paar Brekkies ins Fenster und wartest. Vielleicht rufst du dem Kater etwas Aufmunterndes zu, aber ansonsten kümmerst du dich weiter um deinen Kram – gehst arbeiten, triffst dich mit Freunden, lässt es dir gut gehen. Soll der Kater doch selber entscheiden, ob er kommen will oder nicht! Schön blöd jedenfalls, wenn er sich die Brekkies entgehen lässt! Die könnte er bei dir nämlich jeden Tag bekommen.

Keine Ahnung, ob der Kater das Angebot annimmt oder nicht. Aber die Chance dazu ist groß – größer jedenfalls als beim ersten Versuch. Deine Gelassenheit ermöglicht es ihm, sich in Ruhe und mit einem Minimum an Angst zu überlegen, was er will. Und wenn er sich auch gegen dich entscheiden sollte: Sehr wahrscheinlich kommt irgendwann ein anderer Kater und will die Brekkies fressen.

Die „Katerjagd" verlangt viel Nerven und Geduld. Aber sie ist auch spannend und macht Spaß, wenn man es richtig anpackt. Ich bin davon überzeugt, dass man seinem Glück ein wenig nachhelfen kann. Wenn man innerlich bereit ist, die Dinge auf sich zukommen zu lassen, und sich geschickt verhält, ist es oft nur eine Frage der Zeit, bis der Richtige kommt. Doch wie schafft man es, gelassen zu werden und die Männer auf sich zukommen zu lassen?

Verpasste Pubertät

Zunächst einmal ist es ganz normal, Sehnsucht nach einem Partner zu verspüren – da unterscheiden wir Schwulen uns überhaupt nicht von heterosexuellen Frauen und Männern. Wenn wir Hunger haben, dann wollen wir ja auch etwas essen. Wir Menschen sind nun einmal Herdentiere, und niemand will einsam alt werden. Insofern sollte man ruhig zu seiner Sehnsucht stehen und mit einem uneingeschränkten „Ja" auf die Suche gehen.

Eine entscheidende Lebensphase, in der man sich Beziehungsfähigkeit „antrainiert", ist die Pubertät. Im Gegensatz zu vielen Heterosexuellen haben es Schwule in dieser Zeit nicht gelernt, wie man erfolgreich um einen Menschen wirbt, denn viele sind mit ihrem Coming-out beschäftigt! Da fehlt es oft am nötigen Selbstbewusstsein, um sich auf die Suche nach einem Partner zu begeben. Auch sind viele überhaupt noch nicht sicher, ob sie nun schwul oder bisexuell sind. Heterosexuelle Jugendliche dagegen, die sich mit ihrer sexuellen Orientierung identifizieren und nicht die Last eines Coming-outs zu tragen haben, lassen sich meist schon während der Pubertät auf erste Liebesbeziehungen ein und sei es, dass sie nur einige Tage „miteinander gehen". Zum Vergleich: Während heterosexuelle Jungen durchschnittlich im Alter von 16,8 Jahren ihre erste Freundin haben, liegt der Altersdurchschnitt bei Schwulen bei 19,3 Jahren (Ministerium für Frauen, Arbeit und Soziales, Niedersachsen 2001). Das heißt: Wichtige Erfahrungen, die viele heterosexuelle Jugendliche machen, fehlen bei Homosexuellen, zum Beispiel, wie man mit Nähe und Distanz umgeht, mit übersteigerten Wünschen und Sehnsüchten oder mit Enttäuschungen und Ängsten. Schwule müssen sich diese Erfahrungen als Erwachsene oft erst mühsam aneignen.

Daniel

Ich erinnere mich noch gut an Daniel, 13, der sich in mehreren Beratungsgesprächen wegen seines Coming-outs Unterstützung bei mir holte. Daniel ahnte seit seinem neunten Lebensjahr, schwul zu sein. Doch als er Gewissheit hatte, wollte er unbedingt einen Freund haben.

Er hatte keine Ahnung, wo und wie er einen anderen Jungen kennenlernen sollte, und ich muss gestehen: ich auch nicht! In seiner Klasse wollte er sich nicht outen, und sonst kannte er keinen Jungen, der schwul war. Also begleitete ich ihn zu einem schwulen Infoladen, dessen Mitarbeiter Coming-out-Gruppen anbieten. Dort sagte man uns, dass die Jungen in so einer Gruppe 16 Jahre und älter sind. Das war Daniel entschieden zu alt – er wünschte sich einen gleichaltrigen Freund. Dann telefonierte ich mit der Mitarbeiterin eines bekannten Jugendmagazins, in dem Jugendliche Kontaktanzeigen aufgeben können, und wollte wissen, ob auch ein schwuler Junge inserieren könne. Man sagte mir, die Kontaktanzeigen würden nach redaktionellen, nicht nach sozialen Gesichtspunkten ausgewählt. Mit anderen Worten: Schwule Jugendliche waren nicht erwünscht. Daraufhin erkundigten wir uns bei einem Jugendzentrum, wo einmal im Monat eine schwul-lesbische Disco stattfand. Aber auch dort gingen nur Jungen hin, die älter als 15 waren. Und: Die Partys fanden zu einer Zeit statt, zu der Daniel längst im Bett sein musste. Nach vielem Hin und Her entschied sich Daniel, an der Coming-out-Gruppe des Infoladens teilzunehmen, obwohl in seiner Altersgruppe niemand dabei war. Um hingehen zu können, dachte er sich für seine Eltern eine Ausrede aus, denn die sollten von seinem Schwulsein nichts erfahren. In der Coming-out-Gruppe dann stellte man Daniel einen Psychologen zur Seite, der wegen Daniels jungen Alters besonders auf ihn Acht haben sollte.

Zusammengefasst: Ein 13-Jähriger, der einen Freund kennenlernen will, muss heimlich und mit Unterstützung eines Psychologen an einer Gruppe teilnehmen, deren Mitglieder als Partner überhaupt nicht in Frage kommen. Das Ganze findet hinter dem Rücken der Eltern statt, die ihren Sohn weder in seiner Sexualität noch bei seiner Partnersuche unterstützen. Schlimmer noch: Daniels Eltern entpuppten sich später als extrem schwulenfeindlich! Zum Vergleich: Viele Eltern finden es süß, wenn ihre heterosexuellen 12-/13-Jährigen die ersten Beziehungsversuche starten.

Du solltest nicht ungeduldig oder traurig werden, wenn es mit Beziehungen nicht gleich so klappt, wie du dir das eigentlich wünscht. Vor allem solltest du verständnisvoll mit dir umgehen, wenn du bei der Partnersuche scheiterst. Vieles, das du in der Pubertät versäumt hast, kannst du später nachholen. Dazu solltest du dir allerdings der

Hürden bewusst sein, die Schwulen bei einer erfolgreichen Partnersuche im Weg stehen können.

Eine negative Einstellung zum Schwulsein und zu Schwulen

Es ist schwierig, einen Partner zu finden, wenn man nicht voll und ganz hinter seiner sexuellen Orientierung steht. Anders ausgedrückt: Man kann sich nicht auf einen schwulen Partner einlassen, wenn man sich selbst für sein Schwulsein ablehnt. Dann wird man immer mit ambivalenten Gefühlen auf die Suche gehen, indem man einerseits einen Partner will, andererseits sich aber dagegen wehrt, denn schließlich missachtet man potenzielle Liebhaber wegen ihrer Homosexualität genauso wie sich selbst.

Dieser Prozess muss nicht immer bewusst ablaufen. Marc, 32, erinnert sich noch gut an seine versteckte Schwulenfeindlichkeit: „Vor ein paar Jahren habe ich immer gedacht, ich bin nur schwul, weil ich irgendetwas Schlimmes in meiner Kindheit erlebt habe. Ich wusste zwar nicht, was, aber ich war überzeugt, dass Schwule gestört sind und dass es normal und gesund ist, hetero zu sein. Ich bin auch ständig ausgegangen und habe nach einem Freund gesucht, aber es hat nie geklappt. Irgendwie war ich neidisch auf meine Freunde, weil die eine Beziehung hatten und ich nicht. Gleichzeitig dachte ich: ‚Die sind ja alle unnormal!' Ich selbst kam mir so „gesund" vor, weil ich ja nicht schwul sein wollte. Irgendwann meinte ein Freund zu mir, er hätte die Schnauze voll von meinem Psycho-Geschwätz. Ich hätte mein Coming-out ja noch gar nicht abgeschlossen! Zuerst dachte ich: ‚Der spinnt!' Doch dann hat mich das ziemlich beschäftigt. Heute sehe ich vieles anders. Mir geht es gut mit Schwulen, und ich finde auch nicht mehr, dass Schwule gestört sind. Vielmehr war ich damals gestört, weil ich mich nicht auf andere Männer einlassen wollte."

Wer sich selbst wegen seines Schwulseins ablehnt, lehnt auch all die möglichen Partner ab, die er eigentlich sucht. Die Frage ist, ob nicht die Qualität der Beziehung darunter leidet. Denn die ablehnende Haltung sich selbst gegenüber wird sich unweigerlich auf den Partner übertragen. Wer sein Schwulsein nicht annimmt, kann auch andere Schwule nicht annehmen, geschweige denn, sich für sie begeistern oder sich konfliktfrei in sie verlieben. Ohne es zu wollen, spiegelt der andere immer auch die eigene Unzufriedenheit. Manchmal hilft es, einen Partner zu finden, dem es ähnlich ergeht, der einen versteht und mit dem man die inneren Zweifel besprechen kann. Doch das setzt voraus, auch etwas gegen die eigene schwulenfeindliche Haltung unternehmen zu wollen.

Wenn Jungs oder Männer zu mir in die Beratung kommen, die sich verliebt haben und die gleichzeitig ihr Schwulsein ablehnen, bestärke ich sie zunächst darin, ihre schwule Seite anzunehmen. Denn erst wenn alle Gefühle „an einem Strang ziehen", kann man eindeutig um jemanden werben.

Ein Leben ohne Partner – geht das denn?

Eine weitere Hürde bei der Partnersuche ist die Überzeugung, das Leben sei nur dann lebenswert, wenn man einen Partner hat. So verständlich es ist, sich binden zu wollen, so sehr sollte man sich auch fragen, ob es wirklich so schlimm ist, ohne Partner zu sein. Denn kaum etwas stört eine abwartende und gelassene Haltung mehr als das Gefühl, ohne Partner sei alles nur halb so schön und langweilig. Dabei vergisst man leicht: Auch *in* einer Beziehung kann es langweilig werden. Im schlimmsten Fall langweilt man sich sogar zu zweit.

Unsere Vorstellung von einem erfüllten Leben ist davon geprägt, nur eine Beziehung würde unserem Dasein die nötige Befriedigung verschaffen. Wir sind ständig Einflüssen ausgesetzt, die uns vermitteln, ohne Partner nur halb soviel wert zu sein wie mit. Filme, Werbung, Popmusik, Magazine, Bücher, Märchen – überall wimmelt es nur so von Menschen, die leiden, weil sie alleine sind, oder erleichtert aufatmen, weil sie jemanden gefunden haben. Das Lebensmodell eines erfüllten Single-Lebens mit viel Spaß und einer Prise Lebensglück wird selten als positiv und erstrebenswert dargestellt. Wie soll man da solo und gleichzeitig selbstbewusst bleiben?

Viele Schwule fühlen sich minderwertig, weil andere einen Freund haben und sie selbst nicht. Sich minderwertig zu fühlen ist aber keine gute Eintrittskarte für eine Beziehung. Es sorgt eher dafür, dass man unter Druck kommt, mithalten will, einem Ideal nacheifert. Daher sollte jeder für sich in Ruhe prüfen, ob da nicht auch gesellschaftliche Zwänge mit am Werk sind. Denn das Single-Leben kann sehr aufregend sein: Man muss sich niemandem gegenüber rechtfertigen, kann Freunde treffen, wann man will, sich die Nächte um die Ohren schlagen, ohne mit einem Partner Stress zu bekommen, und kann tun und lassen, was und mit wem man es will. Bedürfnisse nach Nähe und Geborgenheit kann man auch bei platonischen Freunden befriedigen, und was den Sex betrifft: Wer darauf nicht verzichten will, kann sich in der Szene holen, was er braucht.

Damit will ich dich nicht überzeugen, Single zu bleiben. Aber wenn du dein Single-Leben magst, mögen dich auch andere. Je mehr wir uns mit uns selbst wohl fühlen, desto weniger klammern wir und desto weniger Angst haben andere, sich an uns zu binden.

Verzweifelt suchen

Wer sich aber nicht wohl fühlt mit sich und seinem Leben, läuft Gefahr, bei der Partnersuche unter Druck zu geraten. Denn insgeheim hofft er, den eigenen Mangel durch einen Partner ausgleichen zu können. Häufig kommen wir mit dieser Haltung nicht zum Ziel, denn der Druck, den wir in uns spüren, überträgt sich unweigerlich auf andere. Die Partnersuche kann dadurch schnell etwas Verzweifeltes bekommen.

Es ist ein ungeschriebenes Gesetz, dass das Pferd des reichen Mannes immer ein paar Sekunden früher durchs Ziel läuft als das Pferd des Pleitegeiers. Übersetzt heißt das: Wer ausstrahlt, unbedingt etwas zu benötigen, wird es nicht bekommen. Schwule, die signalisieren, es gar nicht mehr abwarten zu können, einen Partner zu finden, werden andere eher abschrecken als anziehen. Denn du darfst nicht vergessen: Der andere hat auch Angst! Angst vor zuviel Intimität, vor zuviel Verbindlichkeit, vor zuviel Nähe. Wer aber Angst hat, will vorsichtig geködert werden. Anziehend ist, wer unabhängig erscheint und signalisiert, auch warten zu können.

Männer, die ständig suchen, verlieren den Spaß an der Partnersuche. Sie fühlen sich einsam oder reagieren verzweifelt, wenn sie niemanden kennenlernen. Bei jedem Besuch in einer Kneipe oder Bar hoffen sie, die große Liebe zu finden; jeder Mann, dem sie begegnen, wird daraufhin abgeklopft, ob er ein Partner sein könnte oder nicht.

Verständlich, dass es unter solch einem Druck nicht gelingt, etwas „Zufälliges“ wie das Verlieben auf sich zukommen zu lassen.

Überhöhte Erwartungen an einen Partner und an eine Beziehung haben

Viele, die verzweifelt und vergeblich suchen, laufen einem Ideal hinterher, einem Traumprinzen, der noch „gebacken“ werden muss. Wenn sie dann endlich einen Mann gefunden haben, schauen sie kurz darauf nach jemand Besserem. Niemand kann es ihnen recht machen, niemand löst die verliebten Gefühlsstürme aus, die sie sich die ganze Zeit erhoffen. Auch das hat viel mit Angst zu tun: In dem Augenblick, wo wir jemanden haben können, lässt die Begeisterung nach, weil die Beziehung plötzlich so greifbar nahe ist. Die Gruppe *Fehlfarben* bringt es auf den Punkt: „Was ich haben will, das krieg ich nicht, und was ich kriegen kann, das will ich nicht.“ Nun sind wir es, die in der Widersprüchlichkeit von Wunsch und Angst gefangen sind; nun sind wir der Kater, der sich wie ein Prinz hofieren lässt und nicht ins Haus gehen will.

Zweifel sind normal, wenn man kurz davor ist, sich auf eine Partnerschaft einzulassen, und sollten nicht immer gleich dazu führen, den Partner fallen zu lassen. Natürlich kann es sein, dass der andere nicht der Richtige für uns ist. Aber es kann auch sein – und das gilt es jetzt zu überprüfen –, dass wir keine große Lust verspüren, *gerade weil* er der Richtige ist.

Eine Beziehung muss nicht immer mit soviel „Tamtam“ verlaufen, wie wir es in Märchen gelernt haben oder wie es uns Hollywood vorspielt. Sie kann viel unspektakulärer sein, ohne dramatische Liebesszenen, ohne animalischen Sex, ohne verträumte Harmonie – alltäglich eben. Man darf nicht vergessen: Der Eintritt in eine Beziehung bedeutet immer auch den Abschied von der Freiheit des Single-Daseins, das plötzlich so aufregend erscheinen kann wie nie zuvor. Sich auf einen Partner einzulassen heißt, sein Leben zu verändern, einige Gewohnheiten aufzugeben und Kompromisse zu finden. All das kann ein Verliebtheitsgefühl dämpfen und muss nicht immer heißen, dass der Partner der falsche Mann für uns ist.

Sich selbst abwerten

Eine der größten Hürden bei der Partnersuche ist ein negatives Bild von sich selbst. Man fühlt sich unattraktiv oder hässlich, findet sich nicht liebenswert oder beklagt, zu wenig Selbstbewusstsein oder zu wenig Charme zu besitzen, um für jemand anderen interessant und liebenswert zu sein.

Jeder Mensch kennt Selbstabwertung, und bis zu einem gewissen Grad ist das auch normal. Aber wir sollten sie nicht überhand nehmen lassen, sonst schrumpfen wir in Gegenwart eines Traumprinzen dann wirklich so sehr, dass man uns irgendwann nicht mehr sieht. Vielleicht kann man die Selbstabwertung in den Griff bekommen, indem man versucht, versöhnlich mit sich umzugehen – auch, wenn man gerade eine Niederlage erlebt hat. Jeder Mensch, egal wie er aussieht, welches Alter er hat, was er beruflich tut oder wie er sich verhält, ist für irgendjemand anderen auf dieser Welt anziehend. Davon solltest du dich überzeugen. Schau dich in deinem Freundes- und Bekanntenkreis um. Die wenigsten, die in Beziehungen leben, sehen aus wie Supermodels oder sind erfolgreich wie Bill Gates. Die meisten sind Mittelmaß.

Oft hilft es, sich trotz aller Selbstzweifel auf die Suche zu machen und sich in Beziehungen auszuprobieren, genauso, wie andere das eben auch tun. Es geht nicht darum, in jedem Partner den Mann fürs Leben gefunden zu haben (auch wenn sich das manchmal so anfühlt), sondern sich selbst im Verliebtsein, in der Angst und im Alltag mit anderen kennenzulernen. Nur im Kontakt zu anderen erfahren wir, was für Stärken und Schwächen wir haben, was uns liebenswert oder unsympathisch macht und wo wir uns sicher fühlen oder verunsichert werden. Kurzum: Durch die Rückmeldungen anderer bekommen wir eine realistische Sicht auf uns selbst.

Und die brauchen wir, um uns selbst lieben zu können.

Übung: Wie man erfolgreich bei der Partnersuche scheitert – Teil I: Theorie

Es ist nicht leicht, auf Dauer ohne Partner zu bleiben. Viele scheitern schon in der Pubertät und lernen jemanden kennen. Andere wähnen sich viele Jahre sicher, bis ihnen dann mit dreißig, vierzig oder noch später der Mann fürs Leben begegnet. Das ist besonders gemein, weil man gar nicht darauf vorbereitet ist. Um erfolgreich allein zu bleiben, solltest du gewisse Voraussetzungen bei dir selbst schaffen, die dir helfen, von Partnern verschont zu bleiben.

1. Schritt

Der sicherste Ort, dich vor potenziellen Partnern zu schützen, ist das eigene Heim. Das Fernsehprogramm ist mittlerweile so abwechslungsreich, dass es kein Problem sein dürfte, zu Hause zu bleiben. Sollte dann doch eines Tages der Traumprinz vor der Tür stehen und sagen: „Verzeihung, ich bin der Traumprinz und suche eine Beziehung – sind Sie noch frei?", dann schlägst du ihm natürlich die Tür vor der Nase zu.

2. Schritt

Mache dir täglich bewusst, was für schräge Vögel Schwule doch sind. Schäm dich, dass es gerade dich erwischt hat.

3. Schritt

Verliebe dich grundsätzlich in Männer, die
- heterosexuell sind,
- in einer Beziehung leben,
- sich nicht für dich interessieren,

oder verliebe dich grundsätzlich nie!

4. Schritt

Häng dir Lebensweisheiten übers Bett, die du zu Hilfe nehmen kannst, wenn es brenzlig wird. Zum Beispiel: „Wenn man jemanden beim Sex kennenlernt, kann daraus niemals eine Beziehung entstehen" oder „In Bars lernt man sowieso niemanden kennen" (oder in Saunen oder in Parks) oder „Schwule sind alle beziehungsgestört".

5. Schritt
Auf Dauer schützt man sich am besten mit einem stabilen Minderwertigkeitskomplex. Sehr erfolgreich sind Menschen, die sich durch und durch schrecklich finden. Manchmal hilft es aber auch schon, sich klarzumachen, was für ein Weichling man ist, wie unscheinbar man eigentlich aussieht, dass man zu alt ist, wie schlaff die Muskeln sind oder dass man es im Bett nicht bringt. Wenn auch das nicht hilft, schau dich um: überall nur Beziehungen. Wenn das kein Grund ist, sich schlecht zu fühlen!

6. Schritt
Nun geht es darum, den soeben aufgebauten Minderwertigkeitskomplex zu festigen. Geh alleine in eine Kneipe oder in eine Bar (ein Club tut es auch) und beobachte, wie wenig Aufmerksamkeit du bekommst. Sollte doch jemand schauen, überlege dir, was ihn dazu veranlasst haben könnte, zum Beispiel:
– er hat dich verwechselt,
– du sitzt auf einem Platz, der eigentlich jemand anderem gehört,
– er denkt nur nach und registriert dich gar nicht,
– du bist so hässlich, dass man einfach schauen muss,
– andere Gründe.
Schreibe deine Vermutungen auf und meditiere darüber.

7. Schritt
Denke darüber nach, wie der ideale Mann und die ideale Partnerschaft zu sein hat. Nimm dir Märchen und amerikanische Filme zum Vorbild. Träume so lange davon, bis du die Sehnsucht kaum noch aushältst. Mache diese Sehnsucht zu deinem Lebensgefühl!

8. Schritt
Nun müssen andere erfahren, was für ein Beziehungsblindgänger du bist – schließlich soll sich ja dein Zustand weiter festigen. Erzähle allen, wie schwer es ist, einen Mann kennenzulernen. Der Erfolg wird spürbar, wenn du aus Versehen jemanden kennen lernst und sich alle darüber wundern.

Wenn es dir jetzt schlecht genug geht, darfst du dich an Teil II wagen.

Übung: Wie man erfolgreich bei der Partnersuche scheitert – Teil II: Praxis

Wenn du die seelischen Voraussetzungen dafür geschaffen hast, alleine zu bleiben, heißt das noch lange nicht, dass du auch wirklich alleine bleibst. So ärgerlich das auch ist, aber ständig und überall kann dir jemand über den Weg laufen. Schlimmstenfalls spricht dich sogar jemand an! Nimm solche Ereignisse nicht allzu schwer, sondern erkenne die Chance, die sich dahinter verbirgt und an der sich gut üben lässt.

Die folgenden Übungsschritte bauen nicht aufeinander auf, und du musst auch nicht alle Übungen machen (keine Angst – so viele Männer wirst du gar nicht finden!). Jeder einzelne Schritt reicht schon aus, um potenzielle Partner zu vergraulen.

1. Übung

Wenn dich jemand ablehnt, mach dir klar: Er ist nur einer unter vielen. Alle finden dich unattraktiv!

2. Übung

Wenn du in einer Bar oder in einem Club stehst und jemanden entdeckst, der dir gefällt, dann suche nach einem originellen Spruch, mit dem du ihn ansprechen könntest. Der Spruch muss so originell sein, dass er Hollywood-Anmachen weit in den Schatten stellt. Wenn dir nichts einfällt, dann liegt das daran, dass du es insgesamt nicht bringst.

3. Übung

Wenn dich jemand anmacht, finde ihn uninteressant. Falls dir das nicht gelingt, überleg doch mal: Allein die Tatsache, dass er gerade dich anbaggert, stempelt ihn doch schon zum Volltrottel!

4. Übung

Wenn du gerade jemanden kennengelernt hast, erinnere dich an alle Niederlagen, die du bisher mit Männern erlebt hast. Schau in den Spiegel: Du wirst auch an der neuen Beziehung scheitern!

5. Übung
Wenn du gerade jemanden kennengelernt hast, verliebe dich sofort in ihn, und zwar unsterblich. Erinnere dich an die Sehnsucht, die du in Teil I zu deinem Lebensgefühl machen solltest.

6. Übung
Wenn jemand um dich wirbt, denke an die Ketten, die dir in einer Beziehung unweigerlich angelegt werden. Du wirst nie mehr selbst bestimmt handeln können. Seine Nähe wird dich bis in alle Ewigkeit erdrücken.

7. Übung
Wenn du dich in einen Mann verliebt hast, halte dir vor Augen, dass er wunderschön ist, alles kann und von allen begehrt wird. Vergleiche dich mit ihm: Du bist nichts dagegen!

8. Übung
Wenn sich jemand in dich verlieben sollte, finde eine klitzekleine Schwäche an ihm. Manchmal reicht schon ein Pickel oder ein löcheriger Bartwuchs, um ihn schrecklich zu finden.

9. Übung
Wenn du mit einem Typen einen One-Night-Stand vorhast, dann mache die Sache kompliziert: Prüfe, ob er der Mann fürs Leben sein könnte, und rede mit ihm darüber, und zwar noch bevor ihr miteinander schlaft. Wenn auch das nicht hilft, entwickle eine Erektionsstörung.

10. Übung
Wenn du einen Mann kennengelernt hast, vermeide es, eine sexuelle Spannung aufkommen zu lassen. Erzähle ihm nach wenigen Minuten eures ersten Kontaktes möglichst detailliert und strukturiert, wie du dir eine Beziehung vorstellst. Mache dir vorher Notizen, damit du nicht ins Stottern kommst.

Mit drei oder vier Übungen müsstest du es eigentlich geschafft haben. Herzlichen Glückwunsch!

4 Wie man mit einer Partnerschaft klarkommt

Beziehungsfallen

Im Kapitel über die Partnersuche habe ich behauptet, es sei durchaus auch erstrebenswert, ohne Partner zu leben. Doch ein Leben mit Partner hat genauso viele Vorteile. Wenn man einen Freund gefunden hat, der zu einem passt, mit dem man sich also emotional, geistig und/oder sexuell gut versteht, dann setzt das sehr viel Energie frei. Das Gefühl, bei jemandem angekommen zu sein, verleiht ein schönes, leichtes Lebensgefühl und verschafft ein hohes Maß an Befriedigung. Und ein fester Freund erspart die Unruhe, die Suchende oft haben: werben, gut aussehen und sich darstellen müssen, Niederlagen einstecken.

Vor einiger Zeit telefonierte ich mit Thomas Grossmann, der den Coming-out-Klassiker *Schwul, na und?* geschrieben hat und kurz darauf den schwulen Partnerschaftsratgeber *Beziehungsweise andersrum*. Das war Mitte der achtziger Jahre. *Beziehungsweise andersrum* musste wegen zu geringer Verkaufszahlen vom Markt genommen werden. Ich wollte von Thomas wissen, woran das gelegen haben könnte. Thomas meinte, die Zeit sei damals noch nicht reif gewesen für solch ein Buch. Schwule waren noch viel zu sehr mit dem Coming-out, mit Diskriminierungen und mit Aids beschäftigt, um sich unbeschwert auf eine Beziehung einzulassen. Schließlich war es noch gar nicht so lange her, dass schwuler Sex illegal war. Den Schritt von der Strafbarkeit zur Legalisierung musste man erst einmal gedanklich und emotional verarbeiten.

Doch in den Neunzigern und im neuen Jahrtausend hat sich einiges geändert. Wie bereits an anderer Stelle erwähnt, leben etwa die Hälfte aller Schwulen in einer festen Beziehung, Tendenz steigend. In der öffentlichen Diskussion geht es nicht mehr darum, ob es richtig oder falsch ist, wenn zwei Männer eine Beziehung führen, sondern, inwieweit man schwule Beziehungen gesetzlich absegnen könnte, so dass sie der Ehe gleichgestellt sind. Es ist also eine ganze Menge passiert seit *Schwul, na und?*.

Was schwule und heterosexuelle Beziehungen gemeinsam haben

Nicht alle Menschen, die in Beziehungen leben, befinden sich in einem chronischen Glückszustand. Das denken oft nur diejenigen, die gerade solo sind. Eine Partnerschaft bedeutet auch, an sich und an der Beziehung zu arbeiten. Wenn zwei Partner miteinander in einen Konflikt geraten, geht es oft um grundsätzliche Themen, mit denen alle Beziehungen zu tun haben – egal, ob sie nun heterosexuell, lesbisch oder schwul sind. Viele beschäftigt die Frage, ob sie den passenden Partner gefunden haben. Auch die Ausgewogenheit zwischen Nähe und Distanz sollte stimmen. Sind sich die Partner zu nah oder ist einer von beiden verschlingend oder kontrollierend, fühlt man sich erdrückt. Ist einer oder sind beide zu distanziert, bleiben Wünsche nach Geborgenheit, Nähe und Gemeinsamkeit unerfüllt. In vielen Beziehungen geht es auch darum, wer der Stärkere ist (Machtkämpfe). Oder einer der Partner hat Erwartungen, die der andere nicht erfüllen kann, wie zum Beispiel Treue, gemeinsames Wohnen, gemeinsame berufliche Ziele. Manchmal missversteht man sich und erreicht den anderen nicht mehr mit dem, was man ihm eigentlich mitteilen will. Und: Paare sind bestrebt, trotz aller Vertrautheit die sexuelle Lust lebendig zu halten – ein mühsamer Prozess, der nicht immer gelingt.

Coming-out und Beziehung

Doch schwule Partnerschaften unterscheiden sich auch in vieler Hinsicht von heterosexuellen. Zum Beispiel dadurch, dass Schwule ein Coming-out durchleben.

Wie ich es im Kapitel über die Partnersuche bereits angedeutet habe, bindet das Coming-out viel Energie. Viele Schwule, die in der Pubertät ihr Coming-out haben, sind in ihrer sexuellen Orientierung noch zu verunsichert, um selbstbewusst auf andere Jungen zugehen zu können. Doch die Zeit des Coming-outs ist deswegen nicht vergeudet – ganz im Gegenteil. Wenn zwei schwule Männer miteinander eine Partnerschaft eingehen, dann haben beide mit dem Coming-out etwas Gemeinsames, etwas Ähnliches erlebt. Das verbindet. Und es hilft, die Gedanken und Gefühle des Partners gut verstehen zu können. Ein weiterer Pluspunkt: Beide Partner haben sich bereits einmal in ihrem Leben intensiv mit ihrer Sexualität beschäftigt. Viele mussten sich mit Gefühlen des Andersseins und der Scham herumschlagen, und viele haben es anschließend gelernt, mit anderen Schwulen und Lesben darüber zu reden. Die meisten führen auch intensive Auseinandersetzungen mit den Eltern wegen ihres Schwulseins. Das verhilft ihnen jetzt, wenn sie in einer Beziehung leben, dazu, mit ihrem Partner unbeschwerter und offener über sich und ihre Sexualität reden zu können. Zum Vergleich: Viele heterosexuelle Männer, die diesen Prozess nicht durchmachen mussten, haben große Probleme damit, über sich zu sprechen. Man kann auch sagen: Schwule Männer haben durch die Erfahrung mit dem Coming-out Einfühlungsvermögen und eine große Kommunikations- und Beziehungsfähigkeit entwickelt.

Unbewältigtes Coming-out

Andererseits belastet es eine Partnerschaft, wenn ein Coming-out unbewältigt bleibt. Lehnt ein Partner seine eigene Homosexualität ab, dann lehnt er unwillkürlich auch den Partner ab, denn der ist ja schließlich ein „Repräsentant" des Schwulseins. Wenn man selbst schwarze Haare hat, seine Haarfarbe aber „pervers" findet, dann wird man sich entweder keinen Partner mit schwarzen Haaren suchen oder die Haarfarbe beim Partner knurrend in Kauf nehmen. Der Partner wird diese Ablehnung spüren, und in der Beziehung herrscht unterschwellig immer ein Klima der Entwertung.

Auch macht es uns die Umwelt nicht immer leicht, zu unserer Beziehung zu stehen. Zwar werden wir nicht mehr so massiv wie früher diskriminiert, aber oft ist es noch immer etwas Exotisches, wenn zwei Männer eine Beziehung führen. In den Großstädten rümpft vielleicht niemand mehr die Nase, aber in kleineren Orten oder auf dem Land möglicherweise doch. Auch die Familie schreit nicht immer gleich begeistert auf, wenn sich der Sohn, Enkel, Neffe oder Cousin als schwul entpuppt. Viele Schwule verheimlichen ihren Partner vor ihrer Familie, weil sie sich für ihre Homosexualität schämen oder zu Recht befürchten, auf Unverständnis und Ablehnung zu stoßen. Für den Partner ist das natürlich eine Kränkung, und es stellt das Paar vor eine große Belastungsprobe. Jede Form der offenen oder verdeckten Feindseligkeit macht einem Paar zu schaffen – gerade wenn man sich mit seinem Schwulsein noch nicht gefestigt fühlt. Da kann es leicht passieren, dass man verunsichert wird und den Partner das spüren lässt, indem man ihn aufgrund der eigenen Verunsicherung genauso ablehnt, wie man sich selbst von den anderen abgelehnt fühlt. Je besser man sein Coming-out bewältigt und je sicherer man sich mit seiner Homosexualität fühlt, desto besser kann man sich und die Partnerschaft vor Anfeindungen und Diskriminierungen schützen.

Wenn zwei Männer aufeinander treffen

Aber nicht nur das Vorhandensein eines Coming-outs unterscheidet schwule von heterosexuellen Beziehungen. Schwule lernen nirgendwo, wie es funktioniert, wenn statt Mann und Frau zwei Männer zusammen leben. Von unseren Eltern haben wir erfahren, dass Männer berufstätig sind, Geld verdienen, in der Beziehung die Führung übernehmen und Gefühle den Frauen überlassen. Natürlich stimmen diese Klischees nicht immer, aber es gibt bestimmte Grundmuster, die bis heute lebendig sind und mit denen wir als Männer sozialisiert werden – ob wir wollen oder nicht. Das wirkt sich offensichtlich oder verdeckt auch auf schwule Partnerschaften aus. Wenn zum Beispiel beide Partner ein inneres Bild von Männlichkeit mitbringen, die Zügel in der Hand halten zu wollen, zu kontrollieren oder sich durch Stärke Bestätigung zu holen, dann endet das schnell in Machtkämpfen.

Auch wird uns Männern oft nachgesagt, wir würden nur schwer den Mund aufbekommen, wenn es um unsere Gefühle in einer Partnerschaft geht. Das mag verschiedene Ursachen haben. Vielleicht fürchten wir die Nähe, die durch eine Auseinandersetzung mit dem Partner entstehen kann. Vielleicht fürchten wir aber auch, einem bestimmten Bild von Männlichkeit nicht zu entsprechen, wenn wir uns dem Partner öffnen. Viele Männer stehen unter Druck, bauen einen Panzer um sich herum auf, haben Angst, „sich auszuziehen" und vom anderen nicht mehr geliebt, geachtet und respektiert zu werden. Wenn man sich jedoch dem Partner gegenüber verschließt, schläft die Beziehung über kurz oder lang ein. Man langweilt sich miteinander, hat sich nichts mehr zu sagen und verpasst die Chance, sich an den anstehenden Auseinandersetzungen zu reiben und daran zu wachsen. An die Stelle von Bewegung und Lebendigkeit treten Starre und das Gefühl, in einer Sackgasse zu sein. Viele Probleme könnten gelöst und vermieden werden, wenn die Partner nur einfach den Mund aufmachen würden.

Treue versus offene Beziehung

Eine weitere Besonderheit schwuler Beziehungen ist die Tatsache, dass es eine Szene gibt – und zwar mit allen Vor- und Nachteilen. Positiv ist, dass wir im Gegensatz zu Heterosexuellen relativ schnell und unkompliziert zu Sex kommen können. Schwule machen davon auch reichlich Gebrauch: Von denen, die in einer Partnerschaft leben, haben knapp die Hälfte noch andere Sexualpartner (Michael Bochow, Michael T. Wright: „Aids – wie leben schwule Männer heute?", Bundeszentrale für gesundheitliche Aufklärung, 2004). Aber so verlockend die Szene mit ihrem Überangebot an Sexualpartnern auch ist – so bedrohlich kann sie werden, wenn wir Angst haben müssen, unseren Partner im Getümmel wieder zu verlieren.

Viele Paare müssen sich, was die Szene betrifft, mit zwiespältigen Gefühlen auseinandersetzen. Auf der einen Seite werden Wünsche nach sexueller Abwechslung, Abenteuer und dem Spiel mit dem Feuer geweckt. Schnell können aber auch Eifersucht und Verlustängste entstehen. Es ist nicht immer leicht, damit umzugehen. Der eine Partner will ausgehen, sich vergnügen, andere Männer anschauen, sich bewundern lassen. Der andere scheut den Rummel und sucht eher die Zweisamkeit, die Intimität. Viele Paare müssen sich irgendwann die grundsätzliche Frage stellen: Soll die Beziehung offen oder monogam gestaltet werden? Oder: Kann man dem Partner ein gewisses Maß an Fremdgehen zugestehen oder bedroht das das eigene Befinden zu sehr?

Es gibt einige Aspekte, die für eine offene Beziehung sprechen, zum Beispiel: Sie kann den Partnern das Gefühl geben, sich trotz den „Ketten" einer Beziehung frei zu fühlen. Gelingt den Partnern dieser Schritt, kann das gegenseitige Vertrauen dadurch sogar vertieft werden. Und sie sorgt auch immer für ein gewisses Maß an Abwechslung und Spannung. Andererseits: Wenn nicht beide Partner hundertprozentig hinter einer offenen Beziehung stehen, bleibt immer Misstrauen, Eifersucht und Verlustangst mit im Spiel. Dabei kann keine wirkliche Nähe, kein wirkliches Vertrauen entstehen.

Du solltest gut darauf achten, was du brauchst und wo deine Grenzen sind. Grundsätzlich geht es immer darum, die eigenen und die Gefühle des Partners zu respektieren und einen Kompromiss zu finden, mit den unterschiedlichen Wünschen und Ansichten in einer Beziehung umzugehen. Das schafft man, indem man miteinander kommuniziert; indem man über die eigenen Gefühle, auch die sexuellen, redet, über die unterschiedlichen Wünsche in der Beziehung verhandelt, die eigenen Bedürfnisse aushandelt. Auf die Gefahr hin, dass es kracht. Aber das gehört zu einer guten Beziehung dazu.

Regenbogenfamilien

Der Wunsch nach Gründung einer Familie ist etwas sehr Menschliches. In einer heterosexuellen Beziehung ist es selbstverständlich, dass die meisten Partner irgendwann ein Kind wollen. In vielen Fällen vertieft das Kind die Bindung, und es kann den Partnern wieder zu neuem Schwung innerhalb der Partnerschaft verhelfen.

Auch viele Schwule haben den Wunsch, Kinder zu haben, gerade wenn sie in einer gut funktionierenden Beziehung leben und die Bindung durch ein Kind festigen wollen. Als Schwule müssen wir uns allerdings mit der Tatsache abfinden, eine Familie im herkömmlichen Sinne nicht gründen zu können. Das kann Gefühle von Angst, Enttäuschung und Trauer hervorrufen. Manche leiden darunter, als „familienloser" Mensch aus der heterosexuellen Norm herauszufallen. Oder sie haben Angst, im Alter allein zu sein. Es bleibt uns aber im Endeffekt nichts anderes übrig, als zu akzeptieren, dass unser Leben in dieser Hinsicht mit großer Wahrscheinlichkeit anders verlaufen wird als das der meisten Menschen. Es sei denn, wir sind in unserer sexuellen Orientierung nicht so festgelegt und wünschen uns emotionale und sexuelle Bindungen auch zu Frauen.

Regenbogenfamilien

„Regenbogenfamilien" werden Familien genannt, bei denen mindestens ein Elternteil in einer gleichgeschlechtlichen Partnerschaft lebt. Die eigentliche Bezeichnung „Regenbogenfamilie" geht auf die amerikanisch-französische Künstlerin Josephine Baker (1906-1975) zurück, die insgesamt 12 Kinder verschiedener Nationalitäten adopierte, um damit ein Zeichen gegen Rassentrennung und Diskriminierung zu setzen.

Oder wir schauen uns um, was für Möglichkeiten es sonst noch gibt. Die soziale und politische Auffassung des Begriffs „Familie" hat sich in den letzten Jahren grundlegend geändert und ist um andere Lebensformen erweitert worden. Man denke nur an allein erziehende Mütter und Väter und an zusammengewürfelte Familien (Patchwork-Familien). Und immer mehr Schwule (und Lesben) haben Kinder und bilden sogenannte „Regenbogenfamilien". Oft kommen die Kinder aus einer früheren heterosexuellen Bindung. Oder ein homosexuelles Paar übernimmt eine Pflegschaft für ein Kind. Das ist heutzutage möglich. Viele Ämter suchen sogar händeringend nach Pflegeeltern, egal ob homo- oder heterosexuell. Rechtlich möglich ist auch eine Adoption, aber in der Praxis stoßen Lesben und Schwule auf unüberwindbare Hürden. Die Behörden sprechen lieber einem heterosexuellen verheirateten Paar ein Kind zu als einem homosexuellen. Dahinter steckt noch immer die Befürchtung, gleichgeschlechtliche Beziehungen könnten einem Kind schaden. Aus wissenschaftlicher Sicht weiß man aber, dass das nicht so ist.

5 Schwule und Sex

Das erste Mal

Es ist ein einschneidendes Erlebnis im Coming-out, das erste Mal mit einem Mann zu schlafen. Bei vielen Männern ist es das erste Mal Sex überhaupt. Andere haben zwar sexuelle Erfahrungen mit Frauen, haben aber noch nie zuvor mit einem Mann geschlafen. Bei meinen Gesprächen und Interviews zum Buch äußerten sich meine Gesprächspartner recht unterschiedlich darüber, wie sie das erste Mal mit einem Mann erlebt haben.

Reaktion 1 lautet: Der erste schwule Sex war total befreiend. Endlich konnte ich das ausleben, was ich mir immer gewünscht habe.

Reaktion 2 lautet: Das erste Mal war okay, aber eigentlich auch nichts Besonderes. Vorher hatte ich viel zu hohe Erwartungen an schwulen Sex.

Reaktion 3 lautet: Ich kann gar nicht sagen, wie das erste Mal für mich war. Ich fühlte mich hin- und hergerissen zwischen Lust und Zuneigung einerseits und Abscheu und Ablehnung andererseits.

Reaktion 4 lautet: Das erste Mal war furchtbar. Danach habe ich mich gefragt: „Was machst du da eigentlich?“

Richtige und falsche erste Male

Wie man den ersten schwulen Sex erlebt, hängt unter anderem davon ab, an welchem Punkt des Coming-outs man ist. Wer noch sehr an sich zweifelt, erlebt sich beim Sex mit einem Mann eher gehemmt, widersprüchlich oder „nicht bei der Sache" als jemand, der mit seiner sexuellen Orientierung im Reinen ist. Denn die erste sexuelle Begegnung mit einem Mann konfrontiert einen zwangsläufig damit, schwul oder zumindest bisexuell zu sein. Die Erregung, die Lust, die ein männlicher Körper im unmittelbaren Kontakt auslöst, kann nicht länger darüber hinwegtäuschen, auf Männer zu stehen. Wer sich über diese Erkenntnis freut, genießt den Sex vermutlich besser als jemand, der es eigentlich gar nicht wahrhaben will.

Wenn man die Coming-out-Geschichten im sechsten Kapitel liest, entdeckt man die vielfältigsten ersten Male. Einige haben zuerst mit einem Mann geschlafen, zu dem sie eine emotionale Bindung hatten, wie zum Beispiel Frank, Olaf oder Julian. Andere hatten eher flüchtige erste sexuelle Begegnungen, wie Dogan, Bernd, Guido oder Manfred.

Manche Männer erleben gerade die flüchtigen Kontakte als eine Bereicherung, weil sie sich dadurch ausprobieren können, ohne emotionale Verbindlichkeiten eingehen zu müssen, wie zum Beispiel Guido, der auf diese Weise seine Sexualität entdeckte. Andere fühlen sich eher befremdet oder abgestoßen, weil ihnen die emotionale Bindung fehlt, wie zum Beispiel Manfred oder Bernd. Julian vermisste keine bahnbrechenden Empfindungen, weil er auch nicht in seinen Partner verliebt war. Und während es Frank, der vorher mit einer Frau zusammen war, als eine große Befreiung erlebte, fühlte sich Olaf wie bei einem „Zahnarzttermin".

Sich den Druck nehmen

Lange Rede, kurzer Sinn: Erfahrungen müssen sein, auch wenn sie unbefriedigend verlaufen. Nur so kann man mit der Zeit herausfinden, was man mag und was nicht. Allerdings solltest du dir mit dem ersten Mal Zeit lassen und dich nicht unter Druck setzen. Viele Jungs und Männer, die noch keinerlei sexuelle Erfahrungen haben, glauben, weil sie jetzt ein gewisses Alter erreicht haben, müssten sie endlich mal mit jemandem geschlafen haben. Das führt dazu, dass sie mit jemandem ins Bett gehen, obwohl sie innerlich überhaupt nicht bereit dazu sind. Aber oft verläuft der Sex nur darum unbefriedigend, weil wir nicht vorher auf unsere Gefühle gehört haben. Man muss nicht mit zwanzig oder dreißig das erste sexuelle Erlebnis hinter sich haben. Aus der Praxis meiner Arbeit weiß ich, dass manche erst mit dreißig oder noch später ihr erstes Mal hatten. Manchmal dauert es eben ein wenig, bis man den richtigen Partner und zu sich selbst gefunden hat. Jeder Mensch hat seine eigene Biografie, und wenn man sich die rückblickend anschaut, dann wird deutlich, warum der eine mit 14, der andere mit 23 und der nächste mit 49 sein erstes Mal erlebt hat.

Was es heißt, beim Sex selbstbewusst zu sein

Ein Coming-out ist nur dann so richtig rund, wenn du als Schwuler eine selbstbewusste Sexualität entwickelt hast. Selbstbewusst heißt, dass du deine sexuellen Vorlieben und Wünsche kennst und sie bei deinen Sexualpartnern einfordern und ausleben kannst. Dabei ist es egal, welche Bedürfnisse das sind; ob du nun mehr auf blasen oder Analsex, aktiv oder passiv, Quickies im Park, S/M, Sex in einer Beziehung oder Romantik stehst. Wichtig ist, dass es dir beim Sex gut geht. Man kann auch sagen: Beim Sex ist alles erlaubt, was dir gefällt, solange du niemanden dabei gegen seinen Willen verletzt, ihn durch unsafe Sexualpraktiken gefährdest oder Dinge tust, die du selbst nicht tun willst oder die dir seelisch und gesundheitlich schaden.

Wenn du darauf stehst, deinen Partner zu fesseln, dein Partner das aber nicht will, dann ist das eine Grenze, die du akzeptieren musst. Die Entscheidung, wie du damit umgehst, liegt bei dir und hängt davon ab, wie wichtig dir das Bedürfnis ist. Auch Sex mit Kindern ist eine Grenze, die nicht überschritten werden darf, denn Kinder sind noch nicht in der Lage, eine sexuelle Beziehung emotional zu verarbeiten.

Doch von diesen Beispielen einmal abgesehen sind es meistens Hemmungen und innere Verbote, die das sexuelle Erleben beeinträchtigen. Solche sich selbst auferlegte Grenzen schaden oft mehr, als sie nutzen. Sie lauten:

Hemmungen und innere Verbote, die das sexuelle Erleben beeinträchtigen

- Es ist eigentlich nicht normal, dass zwei Männer miteinander schlafen!
- Man sollte möglichst gut im Bett sein!
- Der eigene Körper muss muskulös und makellos sein, um auf einen anderen Mann sexuell anziehend zu wirken!
- Nur, wer beim Analsex aktiv ist, ist ein richtiger Mann!
- Wenn ich mich vögeln lasse, unterwerfe ich mich oder bin weiblich!
- Gegenseitiges Sich-einen-runterholen ist doch kein richtiger Sex!
- Wer auf S/M steht, ist pervers!
- Man schläft nicht mit jemandem, den man nicht kennt!
- Wer häufig wechselnde Partner hat, mit dem stimmt was nicht!

Beim Sex geht es darum, sich von allen inneren Stimmen zu befreien und auf das zu hören, was die Lust sagt. Doch meistens kristallisieren sich sexuelle Vorlieben und Wünsche erst mit der Zeit und mit zunehmender sexueller Erfahrung heraus. Also lass dir Zeit und sei nicht frustriert, wenn es am Anfang nicht so läuft, wie du dir das vorstellst. Schwule müssen sich in vielen Fällen erst langsam mit dem vertraut machen, was es an sexuellen Möglichkeiten gibt. Wenn du noch mitten im Coming-out steckst und keine sexuellen Erfahrungen hast, dann findest du es vielleicht merkwürdig, was du alles über schwulen Sex gelesen und gehört hast. Das ist nicht verwunderlich, denn in der Schule haben wir zwar gelernt, wie verhütet wird, wie die männlichen und weiblichen Geschlechtsorgane funktionieren und was Petting ist. Aber wie man sich beim Analverkehr fühlt oder was Schwule sonst noch so treiben, das wurde uns nicht beigebracht. Daher widmet sich das nächste Kapitel der Praxis.

Schwuler Sex

Über schwulen Sex gibt es einige Missverständnisse. Ein gängiges Vorurteil besagt, bei Schwulen würde immer einer in die Rolle der Frau und der andere in die Rolle des Mannes schlüpfen. Eine andere unterstellt, Schwule hätten überdurchschnittlich viel Sex. Viele Schwulenwitze beschäftigen sich hinter vorgehaltener Hand mit Analverkehr. Was auch immer gewitzelt, philosophiert und spekuliert wird – wenn man noch keine schwule sexuelle Erfahrung hat, können die Bilder und Vorurteile über schwulen Sex ganz schön verunsichern. Vielleicht hilft es, sich zunächst einmal klarzumachen, was bei uns ähnlich läuft wie bei Heterosexuellen, um dann zu sehen, was an schwulem Sex speziell ist.

Im Grunde ist vieles ähnlich

Was wir mit Heterosexuellen gemeinsam haben, ist das Erleben von Sexualität. Sex mit einem Partner, den wir „nur" mögen, fühlt sich anders an als Sex mit jemandem, in den wir frisch und heftig verliebt sind. Sex mit einem langjährigen Partner ist anders als Sex mit einer flüchtigen Bekanntschaft, die wir vor kurzem durch eine Kontaktanzeige kennengelernt haben. Sex, den wir in einem fremden Schlafzimmer haben, kann anders empfunden werden als Sex in den eigenen vier Wänden. Wie Heterosexuelle sind auch wir bestrebt, unsere Leidenschaft in Beziehungen lebendig zu halten. Berührungen, sexuelle Fantasien oder erotische Bilder steigern unsere Lust, während Müdigkeit, Anspannung, Angst oder Krankheiten die Lust mindern. Wenn wir einen Menschen begehren, mögen oder lieben, dann geht das oft mit dem Wunsch einher, sexuell mit ihm verschmelzen. All das geschieht unabhängig von der sexuellen Orientierung.

Im Grunde ist vieles anders

Doch mit dem letzten Beispiel gelangen wir auch schon zum ersten gravierenden Unterschied: Heterosexuelle Männer leben den Wunsch nach Verschmelzung aus, indem sie bei einer Frau genital eindringen oder sich einen blasen lassen. Schwule Männer dringen anal ein. Und: Sie haben die Wahl, den Partner bei sich eindringen zu lassen. Schwule haben also die Möglichkeit, ihren Verschmelzungswunsch von der aktiven, gebenden Seite her zu erleben oder von der passiven, empfangenden Seite.

Die meisten schwulen Männer gehen flexibel mit diesen Rollen um, das heißt, es macht ihnen Spaß, sowohl in die Rolle des Aktiven zu schlüpfen als auch in die Rolle des Passiven. Das schließt nicht aus, dass es bestimmte Vorlieben gibt: Die einen mögen es lieber aktiv, während es andere vorziehen, passiv zu sein. Andere Schwule bevorzugen eine extreme Position, indem sie nur aktiv oder nur passiv sind. Das eine ist nicht besser oder schlechter als das andere; wichtig ist, dass du das auslebst, was dir am besten gefällt. Wenn du lieber passiv bist, dann wirst du mit Sicherheit sehr viele Männer finden, die mit dir Sex haben wollen, und umgekehrt.

Auch unter Heterosexuellen ist Analverkehr verbreiteter als gemeinhin angenommen. Viele heterosexuelle Frauen und Männer praktizieren Analverkehr, weil sie beim Sex verhüten wollen oder ganz einfach weil es ihnen Spaß macht, denn der Analbereich ist bei Frauen wie bei Männern eine erogene Zone. Auch türkische Jugendliche haben manchmal Analsex, um das Jungfernhäutchen zu schonen. Analverkehr ist also keinesfalls auf Schwule beschränkt, obwohl Schwule es natürlich wesentlich häufiger praktizieren als Heterosexuelle.

Was man beim passiven Analverkehr bedenken sollte

Die Lustgefühle beim passiven Analverkehr entstehen vor allem durch die Stimulation der Prostata. Die Prostata, auch Vorsteherdrüse genannt, sitzt direkt hinter dem After und produziert die Samenflüssigkeit. Wenn sie durch einen Schwanz, einen Dildo oder einen Finger stimuliert wird, kann sie den Mann zum Orgasmus bringen. Dabei muss nicht einmal sein Penis berührt werden; manchmal reicht schon die Prostatastimulation, um einen Orgasmus zu erleben. Oft fühlt sich ein solcher Orgasmus ein wenig anders an als ein Orgasmus, der durch Stimulation des Penis' entsteht. Viele Männer wissen gar nicht, dass ihr Körper über die Fähigkeit verfügt, einen Orgasmus ohne Penisstimulation zu erzeugen.

Aber möglicherweise findest du es befremdlich, Analverkehr auszuüben, weil du denkst, das sei unanständig, schmutzig oder pervers. Oder du verspürst ein Unbehagen in der passiven Rolle, weil es dir wehtut oder du dich ausgeliefert und benutzt fühlst dabei. Viele Schwule brauchen eine Weile, bis sie herausgefunden haben, ob Analsex zu ihren bevorzugten Praktiken gehört. Dabei kann es hilfreich sein, sich mit den Ängsten und Widerständen, die Analsex auslöst, auseinanderzusetzen und sich zu fragen, was es bedeutet, sich einem anderen Mann hinzugeben oder eine Position einzunehmen, die wir in inneren Bildern oder aufgrund gesellschaftlicher Vorgaben als weiblich definieren. Oft hilft es, mit dem Partner darüber zu sprechen. Viele Schwule machen ähnliche Erfahrungen mit Analverkehr, und ein gegenseitiger Austausch kann die eigenen Ängste relativieren.

Aber man sollte sich nicht unter Druck setzen und sich zu etwas zwingen, das man nicht will, nur weil man glaubt, es tun zu müssen, weil andere es auch tun. Wie ich weiter unten beschreiben werde, gibt es genügend Möglichkeiten, zu sexueller Befriedigung zu gelangen. Es muss kein Analverkehr sein.

Falls du es aber doch mal probieren und in die passive Rolle gehen willst: Es kann tatsächlich am Anfang schmerzhaft sein, gerade wenn man noch keine oder wenig Erfahrung mit Analverkehr hat. Das liegt daran, dass der Analbereich sehr empfindlich nicht nur auf Lust-, sondern auch auf Schmerzreize reagiert. Vielleicht erinnerst du dich noch daran, wie es war, als du als Kind mal krank warst und deine Mutter dir ein Fieberthermometer oder einen Schlauch für einen Einlauf ins Hinterteil geschoben hat. Da einen das in der Regel nicht sexuell erregt, hat es womöglich etwas wehgetan. Damit sind wir aber auch schon beim entscheidenden Punkt: Es tut immer dann weh, wenn wir sexuell nicht erregt oder wenn wir angespannt sind. Sobald du sexuell erregt bist, fällt es dir leichter, den Schwanz des anderen in dir aufzunehmen. Am besten kannst du dich entspannen, wenn du dich auf die Seite oder auf den Bauch legst. In der Rückenlage kann es manchmal schmerzhafter sein als in den anderen Stellungen. Als Aktiver solltest du immer vorsichtig und langsam eindringen; wenn du unsicher bist, ob es dem Partner wehtut, dann frage ihn am besten. Es ist auch sehr hilfreich, den Penis und den After mit ausreichend wasserlöslichem Gleitgel einzuschmieren. Wasserlöslich deshalb, weil fetthaltige Cremes die Kondome angreifen.

In der passiven Rolle kann es dir passieren, dass die Erektion nachlässt, sobald der andere eindringt. Das ist normal und kein Grund zur Beunruhigung. Meistens kommt sie wieder, wenn du dich an das Gefühl gewöhnt hast und wenn du deinen Schwanz stimulierst oder ihn von deinem Partner stimulieren lässt.

Nicht alle Schwulen wollen Analverkehr

Doch falls Analverkehr nicht das ist, was du willst, dann solltest du dich anderen Sexualpraktiken hingeben. An diesem Punkt unterscheiden wir uns wiederum sehr deutlich von heterosexuellen Paaren. Für Heterosexuelle verläuft in den allermeisten Fällen der Sex nur dann befriedigend, wenn – umgangssprachlich ausgedrückt – gevögelt wurde. Bei uns Schwulen hat der Geschlechtsverkehr nicht den gleichen Stellenwert. Den meisten bringt es große Lust, zu blasen oder sich einen blasen zu lassen. Wie beim analen Sex leben wir beim Blasen den Wunsch nach Verschmelzung aus. Blasen spielt bei flüchtigen sexuellen Kontakten eine große Rolle, weil manchen Männern Analverkehr zu intim ist, wenn sie ihr Gegenüber noch nicht richtig kennen. Aber auch in vertrauten Beziehungen stehen viele darauf, sich oral zu befriedigen. Blasen ist nicht nur ein Ersatz für Analverkehr – für viele ist es eine befriedigende Form der Sexualität. Die meisten Männer haben Spaß daran, wenn jemand ihren Schwanz in den Mund nimmt; einige erleben dabei einen Orgasmus, andere auch nicht. Sehr viele blasen gerne und genießen es, die Männlichkeit des Partners in Form eines erregten Schwanzes im Mund zu spüren.

Die weitaus verbreitetste Form von schwulem Sex ist das gegenseitige „Sich-einen-runterholen" oder Masturbieren. Der Vorteil ist, dass eine gewisse Distanz zwischen den Sexualpartnern gewahrt bleibt. Gerade bei flüchtigen sexuellen Kontakten kann das ein Spiegel der tatsächlichen Beziehung sein, denn die Sexualpartner sind ja auch in Wirklichkeit noch nicht so vertraut miteinander. Das gegenseitige „Sich-einen-runterholen" ist demnach eine Alternative zur intimen Verschmelzung, wie sie beim Anal- und Oralverkehr praktiziert wird, und macht natürlich auch in Beziehungen Spaß.

Du siehst, es gibt viele Möglichkeiten für uns Schwule, sich sexuell auszuleben. Und dabei habe ich noch nicht einmal die vielen sexuellen Variationen wie Piercing, Macht- und Unterwerfungsspiele (S/M) oder bestimmte Kleidung wie Leder, Lack und Gummi erwähnt.

Doch Vorsicht: Viele Männer glauben, möglichst ausgefallene, vielfältige Sexualpraktiken anbieten zu müssen, um mithalten zu können und interessant und begehrenswert zu sein. Das erzeugt Druck und führt schlimmstenfalls dazu, dass man sich nicht traut, sich auf eine sexuelle Begegnung einzulassen. Es ist wichtig, sich von solchen Wertehaltungen frei zu machen. Beim Sex kommt es darauf an, zu sich selbst zu finden, das heißt: das auszuleben, was einem Lust bereitet und was in der jeweiligen Situation mit dem jeweiligen Partner stimmig ist. Jede Form von Druck wirkt sich negativ auf unser Lustgefühl aus; das macht Angst, das lässt uns beim Sex verkrampfen. Gerade am Anfang, wenn man mit seinem Schwulsein noch verunsichert ist, geht es für die meisten überhaupt nicht um ausgefallene Sexpraktiken. Es geht darum, bei seiner Homosexualität anzukommen; es geht um die Überwindung von Ängsten, um Begegnung, um Verlieben. Wer sich von jedwedem Druck befreit, ist auf dem besten Weg zu selbstbewusstem Sex.

Szene und Sex

In der schwulen Szene gibt es viele Möglichkeiten, sich relativ anonym und ohne „mühsame" Kennenlerngespräche sexuell auszutoben. Aber über kaum etwas gehen die Ansichten und Gefühle weiter auseinander als über Chat- und Darkrooms, Parks, Klappen oder Saunen. Während es die einen „total geil" finden und jede Gelegenheit zu schnellem Sex nutzen, reagieren andere eher zurückhaltend und sagen sich: „Ich brauche mehr Intimität." Gerade Schwule im Coming-out verspüren oft ein dumpfes Unbehagen bei der Vorstellung, sich in Parks oder Saunen sexuelle Befriedigung zu suchen. Auf der einen Seite haben solche Orte etwas Anziehendes, Verlockendes, auf der anderen Seite schrecken sie ab: Für Außenstehende hat die Szene häufig immer noch den schalen Beigeschmack von Schmutz und sexueller Zügellosigkeit.

Doch die Dinge sind vielschichtiger: Beide Formen der Sexualität, die in Partnerschaften oder die eher anonyme an Szeneorten, haben jeweils eine Licht- und eine Schattenseite. Das Anonyme reizt viele, gerade weil man den Sexpartner nicht kennt. Langjährige Beziehungen leiden ja oft darunter, dass das über die Jahre gewachsene Vertrauen die Leidenschaft abtötet. Genau das aber ist bei anonymen Sexbekanntschaften oder One-Night-Stands nicht der Fall. Beide Partner begegnen sich mit einer gewissen „Jungfräulichkeit“: Man spürt einen fremden Körper, an dem es viel zu entdecken gibt, und man kann auch leichter seine sexuellen Fantasien auf den anderen projizieren.

Viele Männer aber können dem Anonymen überhaupt nichts abgewinnen. Sie benötigen für Sex eine gewisse Atmosphäre der Intimität und des Vertrauens. Manche bekommen keine Erektion, wenn sie irgendwo in einem Darkroom oder in einem dunklen Park stehen, und nicht wissen, wen sie da vor sich haben.

Wenn man noch mitten im Coming-out ist, kann die anonyme Seite der Szene befremdend, erschreckend oder sogar abstoßend wirken. Viele Schwule im Coming-out sehnen sich eher nach Nähe und Geborgenheit als nach Orgien im Gebüsch. Man hofft, andere Schwule zu treffen, denen es ähnlich ergeht wie einem selbst; man sucht Romantik, Gespräche und einen einfühlsamen Partner, mit dem man gemeinsam eine schwierige Zeit durchleben kann. Da kann die anonyme und sexbetonte Seite der Szene entzaubernd sein.

Im Grunde genommen sollte man gut auf seine innere Stimme hören und das tun, was einem gut tut. Wer Nähe, Intimität und Vertrauen sucht, sollte auch dazu stehen. Es gibt viele Gelegenheiten, einen Freund zu finden, und es müssen nicht all die Szenelocations sein, bei denen es vor allem darauf ankommt, jemanden für die Nacht abzuschleppen.

Obwohl man auch dort den Mann fürs Leben finden kann. Viele Schwule klagen darüber, in Kneipen, Saunen oder im Internet keinen richtigen Freund kennenlernen zu können; alles sei so oberflächlich und lediglich auf Sex ausgerichtet. Wir können jedoch überall Partner kennenlernen, wo sich Schwule aufhalten, auch auf Klappen oder im Internet. Denn man darf nicht vergessen: Viele, die sich in der Szene die Nächte um die Ohren schlagen, suchen einen Freund, auch wenn es vordergründig um Sex geht.

Geh mit einer gewissen Gelassenheit in die schwule Szene. Mit der Zeit wirst du schon merken, ob dir die vielfältigen Kontakt- und Sexmöglichkeiten gefallen oder nicht. Wenn nicht: Viele Schwule leben ein normales und zufriedenes Leben, ohne auch nur einen Fuß in die Szene zu setzen.

Chat

Das Internet ist inzwischen zu einem wichtigen Informations- und Kontaktmedium geworden. Viele Schwule lernen sich in Chatrooms kennen. Der Vorteil: Man kann sich ungehemmter mit seinen Wünschen und Fantasien zeigen als im direkten Kontakt. Und man kommt auch schnell und unkompliziert zu Sex. Nachteil: Der schnelle Sex ist vielleicht gar nicht das, was man sucht. Wenn man auf die große Liebe aus ist und sich mit zu hohen Erwartungen an den Rechner setzt, ist die Gefahr, enttäuscht zu werden, sehr groß.

Darkrooms

Manche Bars, Kneipen oder Clubs haben Hinter- oder Kellerräume, in denen man Sex haben kann. Ein Teil der Räume ist meistens in dämmeriges Licht gehüllt, während es Ecken gibt, die völlig dunkel sind. Überall sind „Spielecken" wie Holzverschläge oder Bereiche, in denen eine Badewanne steht (für Pinkelspiele) oder ein Film gezeigt wird. Viele finden die Kelleratmosphäre und die Dunkelheit geil. Und anders als vor dem Rechner sieht, fühlt und riecht man, wen man vor sich hat. Wenn es dich reizt, probier es aus. Ansonsten soll es auch Schwule geben, die ohne Darkrooms alt geworden sind.

Klappen

Das sind öffentliche Toiletten, wo Schwule stehen und sich Partner für Sex suchen. Klappen gehören zu den ältesten Treffpunkten für Schwule. Manche gehen mit ihrer Eroberung nach Hause, andere treiben es gleich da. In einigen Klappen sind Löcher in den Klowänden, durch die man sich einen blasen lassen oder vögeln kann, ohne zu wissen, wer auf der anderen Seite ist (was die Fantasie einiger Krimiautoren beflügelt hat). Viele reizt die Anonymität in Verbindung mit dem Toilettengeruch. Auch heute noch zählen Klappen im Bewusstsein vieler Schwuler zu den Schmuddellocations Nummer eins. Aber im Grunde genommen sind sie auch nicht mehr oder weniger als eine Facette von Lust und Sex.

Parks

Parks haben den Vorteil, dass sie verschiedene Formen der Kontaktaufnahme zulassen: Wer lieber genau sehen will, wen er vor sich hat und vielleicht auch auf etwas mehr aus ist als nur auf eine kurze Nummer, geht tagsüber oder am frühen Abend. Wer die Dunkelheit und das Anonyme bevorzugt, geht nachts. Viele Männer haben gleich im Park Sex; andere verabreden sich oder gehen miteinander nach Hause. Das Besondere an Parks: Sie verleihen dem Ganzen einen Hauch von Romantik.

Saunen

Auch in Saunen lässt sich das Anonyme mit einem intensiven Kennenlernen gut verbinden. In Dampfsaunen kann man anonymen Sex und auch Gruppensex haben, und die zahlreichen Kabinen laden dazu ein, mit einem Mann oder mit mehreren Männern Sex zu haben. Bar- oder Ruhebereiche erlauben intensivere Kontaktmöglichkeiten als zum Beispiel im Chat oder im Darkroom. Viele schwule Paare haben sich in der Sauna kennengelernt.

Über den Umgang mit HIV und Aids

In den letzten Jahren haben sich die Therapiemöglichkeiten von Aids deutlich verbessert. Aber nach wie vor ist es nicht möglich, die Krankheit zu heilen. Es gibt also keinen Grund zur Entwarnung. Die Aussicht auf gute Therapien und das zunehmende Verschwinden von Aids aus den Medien verleiten vielleicht einige dazu, unvorsichtig zu werden und auf Safer Sex zu verzichten. Doch selbst wer in einer Beziehung lebt, sollte mit seinem Freund sicheren Sex praktizieren.

Die Gefahr, sich mit dem HI-Virus zu infizieren, ist heute nicht geringer als in den achtziger Jahren. Daher ist es wichtig, dass du dich gut über Ansteckungsrisiken informierst und eine verantwortungsvolle Haltung dir selbst und deinem (Sexual-)Partner gegenüber einnimmst. Um wirklich sicher vor Ansteckung zu sein, brauchst du im

Grunde genommen nur zwei Dinge im Kopf zu haben: Analverkehr mit Kondom und nicht in den Mund abspritzen!

Die Darmschleimhaut ist sehr empfindlich und kann leicht verletzt werden. Außerdem vermutet man, dass sie den Virus auch ohne Verletzung aufnehmen kann. Es bleibt immer das Restrisiko, dass das Kondom reißen könnte. Bei richtiger Anwendung passiert das aber nicht. Es ist wichtig, beim Kauf der Kondome auf Qualität zu achten. Die Kondome sollten nicht zu heiß und nicht zu kühl gelagert werden. Am besten irgendwo in Bettnähe in einer Kommode, in einer Schublade oder in einem Kästchen aufbewahren. Beim Sex wasserlösliches Gel benutzen, kein fetthaltiges, weil das die Kondome angreift. Im Übrigen schützen Kondome auch gegen Hepatitis B und C. Sollte das Kondom doch gerissen sein, auf keinen Fall eine Analspülung machen, weil das die Krankheitserreger noch tiefer in den Körper bringen und auch Verletzungen hervorrufen kann. Auch der aktive Partner kann gefährdet sein, wenn er kleine Hautrisse am Penis hat, die dem Virus eine Eintrittspforte öffnen.

Ohne Einschränkungen erlaubt ist:

- Gegenseitiges Onanieren. Hierbei gelangt das infizierte Sperma nicht in den Körper des Partners. Außerdem kann der Virus an der Luft nicht lange überleben.
- Küssen. Es gibt keinen nachgewiesenen Fall, der die Übertragung durch Küssen vermuten lässt. Man zieht sogar in Erwägung, dass der Speichel eine Schutzwirkung hat.
- Weinen, schwitzen und pinkeln. Die Virusmenge in Tränen, im Schweiß und im Urin ist zu gering, um eine Infektion zu verursachen.

Beim Blasen solltest du vor dem Orgasmus den Schwanz aus dem Mund nehmen, weil die Virenkonzentration im Sperma besonders hoch ist. Wenn es doch einmal passiert, dass dein Partner im Mund abspritzt, kannst du, wenn du sicher gehen willst, den Mund mit einer 40%igen Alkohollösung spülen. Je höher die Konzentration des Alkohols, desto wirksamer ist sie gegen den Virus. Die sogenannten Lusttropfen sind nicht gefährlich, solange die Mundschleimhaut desjenigen, der bläst, intakt und nicht verletzt ist. Die Virusmenge in den Lusttropfen ist zu gering, um eine Infektion herbeizuführen.

Sexspielzeuge wie Dildos oder Vibratoren sind ungefährlich, solange sie nur bei einer Person angewendet werden. Sobald aber mehrere damit in Kontakt kommen, musst du sie zwischen den Anwendungen mit Wasser und Seife reinigen oder ein Kondom drüberziehen.

Test – ja oder nein?

Wenn du das Gefühl hast, dich infiziert zu haben, besteht die Möglichkeit, einen HIV-Antikörpertest zu machen. Dieser Test weist frühestens zwölf Wochen nach dem letzten Sex nach, ob du mit dem Virus in Kontakt gekommen bist. Du solltest dir aber gut überlegen, ob du den Test machen willst. Denn ein positives Testergebnis, also eine Infektion mit HIV, bedeutet erst einmal einen Riesenschock, der dich seelisch und körperlich so umhauen kann, dass es vielleicht besser gewesen wäre, man hätte dir nichts gesagt. Safe musst du dich allemal verhalten – ob positiv oder nicht. Andererseits ist es angesichts der verbesserten medizinischen Möglichkeiten zur Bekämpfung der Krankheit sinnvoll, früh genug Bescheid zu wissen, um rechtzeitig mit einer Behandlung beginnen zu können. Da die Frage, ob Test oder nicht, eine sehr schwierige ist, kann man sich bei den Aids-Hilfen oder beim Gesundheitsamt ausführlich dazu beraten lassen. Die Tests dort sind kostenlos und anonym.

Positiv und negativ funktioniert

Wenn du selbst HIV-negativ bist und jemanden triffst, der positiv ist oder der bereits an Aids erkrankt ist, könnt ihr ohne Bedenken miteinander schlafen, vorausgesetzt, ihr praktiziert Safer Sex. Wenn du aber große Bedenken dabei hast, weil du dich vor Ansteckung fürchtest, dann solltest du unbedingt mit deinem Partner darüber reden. Vielleicht lassen sich deine Ängste mindern oder ausräumen. Eine sexuelle Begegnung oder eine Beziehung sollte nicht an einer HIV-Infektion scheitern.

6 Geschichten zum Coming-out

„Mein Selbstbewusstsein ist von null auf hundert gestiegen!" – zum Beispiel Julian

Vor meinem fünfzehnten Lebensjahr hatte ich das typische *Bravo*-Denken drauf: In der Pubertät kann es vorkommen, aber danach kann es sich wieder ändern. Doch dann wurde mir bewusst: „Aha, es bleibt so – ich interessiere mich für Männer." An ein Erlebnis kann ich mich noch gut erinnern: An einem Abend waren meine Eltern ausgegangen und mein Vater hatte seine Sporttasche bei uns im Flur stehen lassen – unausgepackt. Als sie weg waren, habe ich in der Tasche gestöbert und einen Porno gefunden. Den habe ich mir angeguckt, aber nur zwei Minuten, länger nicht, weil ich Angst hatte, sie könnten jeden Augenblick wiederkommen. Das war so ein Hardcoreteil, wo eine Frau einem Mann einen geblasen hat. Ich fand den Mann viel interessanter als die Frau. Meine Eltern kamen erst viel später wieder nach Hause und ich dachte hinterher: „Na toll, da hätte ich ja ruhig noch länger gucken können."

Mit dem Sport habe ich wieder Macht über meinen Körper bekommen

Eigentlich war es damals eine harte Zeit für mich – nicht wegen des Schwulseins, aber ich war kein Stück selbstbewusst zu der Zeit. Ich habe 110 Kilo gewogen (ich rollte), und selbst wenn ich gewollt hätte, hätte ich niemals ein Mädchen angesprochen, so wie ich aussah. Dazu kam, dass bei meinen Eltern die Scheidung im Raum stand. Mein Vater ist damals für ein Jahr ausgezogen, hat dann wieder ein Jahr bei uns gewohnt und schließlich zog er ganz aus. Für mich war die ganze Situation schlimm, weil ich ein heiles Familienbild im Kopf hatte: Vater, Mutter, Kind um mich herum. Ich war auch ein sehr sensibles Kind, das sehr schnell geweint hat. Und ich fand es schlimm, dass meine Eltern so gelitten haben – besonders meine Mutter. Als mein Vater dann weg war, war ich ziemlich sauer auf ihn. Ein Jahr lang hatte ich eigentlich kaum Kontakt zu ihm. In der ganzen Zeit habe ich unheimlich viel gefressen. Doch mit 16 oder 17 habe ich einen Entschluss gefasst: Ich will wieder ins Schwimmbad und will mir wieder normale Klamotten anziehen. Dann bin ich zu meiner Ärztin gegangen, die mir ein paar Diättipps gegeben hat, habe keine Süßigkeiten mehr gegessen, obwohl ich manchmal tierischen Heißhunger hatte, bin viel Fahrrad gefahren und habe 35 Kilogramm abgenommen!

Etwa zur selben Zeit fing ich mit Krafttraining an und bin bei einem Aerobic-Kurs hängengeblieben – seitdem arbeite ich als Kursleiter: Aerobic, Step, Hip Hop, Funk und die leidige PZG, Problemzonengymnastik. Jetzt kam auch mein Selbstbewusstsein.

Ich kann wieder normal essen, weil der Sport meine Nahrungsaufnahme ausgleicht. Der Sport gibt mir Sicherheit – ich habe Macht über meinen Körper. Ich werde nie wieder über 80 Kilo wiegen!

Zuerst hat es meine beste Freundin erfahren

Mit 17 hatte ich eine beste Freundin. Wir haben uns jeden Tag gesehen, und für ihre Eltern war ich schon der Schwiegersohn. Doch für uns beide war klar, dass in dieser Richtung nichts läuft. Sie war der erste Mensch, dem ich erzählt habe, dass ich schwul bin. Das war im Sommer, genau am 17. Juni. Wir wohnten während der Sommerferien in der leer stehenden Wohnung ihrer Eltern, weil die umgezogen waren, mit Schlafsack, kühlen Getränken in der Badewanne und so. Jedenfalls am Abend des 17. Juni saßen wir im Erker und unterhielten uns. Ich hatte mich entschieden, es ihr zu sagen, und musste dauernd zur Toilette rennen; ich wusste gar nicht, ob der Grund das Chili von ihrer Mutter war, das wir gegessen hatten, oder meine Aufregung. Irgendwann habe ich dann gestammelt: „Ich muss dir was sagen, ich bin halt schwul." Sie hatte nicht damit gerechnet und nur gesagt: „Na und?", so nach dem Motto: Was ist denn daran Schlimmes? Den Rest des Abends haben wir über Männer gelästert. Ich wollte unbedingt mit jemandem sprechen, weil ich eine Weiterentwicklung wollte; irgendwie musste es vorangehen.

Das Thema war mir nicht fremd, aber mir fehlte der Bezug

Und jetzt kam auch der Zeitpunkt, wo ich unbedingt andere Schwule kennenlernen wollte. Doch das war schwer. In Berlin Spandau hatte ich noch nie Schwule gesehen, auch nicht im Bekanntenkreis oder unter Freunden. Dabei hatten wir einen großen Bekanntenkreis und ziemlich viele Freunde – warum gab es da keine Schwulen? Das Thema war mir zwar nicht fremd, aber ich hatte auch keinen Bezug dazu. Dann habe ich mit meiner Freundin abgemacht: Wenn ich nicht innerhalb eines Jahres jemanden kennenlerne, dann schickt sie mich in eine schwule Disco. Denn da habe ich mich nicht hingetraut. Ich hatte überhaupt keine räumliche Vorstellung von Berlin. Ich wusste nicht, wie es über Spandau hinaus aussah – ein Dorfkind halt. Ich kannte Berlin nur als U-Bahnnetz und wie es aussieht, wenn ich oben rauskomme. Mit 17 bin ich selten nach neun Uhr abends irgendwohin gefahren – ich weiß, das ist absurd –, aber die Warschauer Straße zum Beispiel war am anderen Ende der Welt. (Am U-Bahnhof Warschauer Straße, Friedrichshain, gibt es eine Schwulendisco. Friedrichshain liegt im östlichen Teil Berlins, Spandau im westlichen. J.B.) Im Übrigen wusste ich gar nicht, wo es was gibt und wo man sich informieren kann.

Omawerden ist ja dann auch nicht!

Mein Freundeskreis bestand nur aus Frauen, wie bei vielen Schwulen. So nach und nach habe ich jede beiseite genommen und es ihr gesagt. Alle haben es gut aufgenommen. Danach war meine Mutter dran. Ich muss dazu sagen, ich war sehr mutterfixiert. Beruflich arbeitet sie als Erzieherin und hat immer sehr pädagogisch gehandelt – was ich ihr gegenüber natürlich nie zugeben würde (lacht). Doch in der letzten Zeit machte sie immer so Bemerkungen. Wenn sie etwas aufgehoben hatte, meinte sie: „Das habe ich für deine Kinder aufbewahrt." Mit tat das unheimlich leid, weil ich wusste, dass ich keine Kinder haben werde, und irgendwann hat es mir gereicht. Als wir abends beim Fernsehen saßen, habe ich mich zu ihr umgedreht und gesagt: „Habe ich dir eigentlich schon gesagt, dass ich schwul bin?" Sie: „Bist du sicher?" Ich: „Ja, schon." Sie: „Wie sicher kann man sich denn da sein?" Aber ich wollte mich nicht unterhalten, ich wollte es einfach nur sagen. Ich war auch gar nicht auf das Gespräch gefasst und konnte ihr keine Antwort geben. Dann konfrontierte sie mich damit, dass es Vorurteile gibt wie Kinderschänder und so. Und dann meinte sie noch: „Omawerden ist ja dann auch nicht." Dann haben wir beide geweint. Wir waren beide voll fertig. Kurz darauf habe ich mich verabschiedet, bin nach oben in mein Zimmer gegangen, habe eine gute Freundin angerufen und ihr erzählt, was passiert war. Sie hat mich gefragt, was meine Mutter wohl jetzt machen würde. Ich habe gesagt. „Wahrscheinlich in die Bücherei gehen!"

Hast du mir nicht was zu sagen?

Am nächsten Tag besorgte sich meine Mutter in einem schwulen Buchladen drei Coming-out-Bücher. Als ich von der Schule nach Hause kam, war sie begeistert. Die waren wohl alle so nett gewesen – haben sie beraten und ihr einen Kaffee gemacht. Ich hab gesagt: „Natürlich sind Schwule nett, was dachtest du denn?" Dann hat sie die Bücher gelesen und war beruhigt. Ich habe die Bücher auch gelesen und war auch beruhigt. Aber mit ihr wollte ich immer noch nicht darüber reden. Mir war es unangenehm, dass ich so wenig von Schwulen wusste. Zum Beispiel wollte sie wissen, ob der Grund die Gene sind. Ich wusste das doch selber nicht.

Meine Mutter drohte an, dass sie meine Schwester nicht anlügen würde, falls sie fragen würde. Meine Schwester ist sechs Jahre jünger als ich. Eines Tages kam sie von der Schule nach Hause – zu der Zeit war sie zwölf – und sagte: „Hast du mir nicht irgendetwas zu sagen?" Ganz schön frech mit zwölf. Sie ließ nicht locker und nervte, nerv, nerv, nerv. Ich hab gesagt: „Wenn du mich so nervst, dann sag ich dir gar nichts!" Mir war klar, dass sie es wusste und dass sie es ganz sicher meinem Vater erzählen würde.

Ich dachte immer, mein Vater hätte wenig Bezug zu mir. Ich war nie der Sohn, der mit Autos spielte. Doch vor einem halben Jahr kam mein Vater auf mich zu und meinte: „Da ist doch noch was zwischen uns. Ich glaube, du bist der Meinung, dass ich ein Problem damit hätte, dass du schwul bist. Das ist aber nicht so. Ich habe deiner Mutter schon als du zwölf warst, gesagt, der wird bestimmt schwul." Damals hatte mein Vater auch eine Menge schwuler Arbeitskollegen. Er war wohl auch schon ein paar Mal mit denen aus und hat mich gefragt: „Gibt's den Laden noch und den und den?" Er hat tausend Mal betont, dass es ihm nichts ausmacht. Jedesmal, wenn wir uns sehen, sagt er das. Ich habe niemals diese positive Reaktion erwartet. Ich hätte immer gedacht, dass er damit ein Problem hat.

Thilo

Eines Abends war ich mit einer Freundin bei Burger King und habe zufällig in der Inseratenseite von *030* (Berliner Veranstaltungsmagazin, J.B.) geblättert. Ich habe Anzeigen gefunden, die mich interessierten, war gut drauf und habe gedacht: „Da schreib ich hin." Gleich auf meinen ersten Brief kam eine Antwort. Der Typ hieß Thilo und war in Strausberg beim Bund. Ich wollte mich aber noch nicht mit ihm treffen, sondern erstmal Briefe schreiben. Dann haben wir uns ein Jahr lang Briefe geschrieben, uns gegenseitig Fotos geschickt, aber uns nicht getroffen. In den Hoch-Zeiten haben wir uns zweimal die Woche geschrieben, was wir erlebt haben, worüber wir uns Gedanken gemacht haben und wie es uns damit ging, schwul zu sein. Er war noch ungeoutet. Nach einem Jahr wollten wir uns treffen. Wir kannten uns nun schon ziemlich gut und ich hatte echt große Angst vor dem ersten Treffen – am liebsten wäre ich gar nicht hingegangen. Doch ich wusste auch, dass Thilo seit einem Jahr einen Freund hatte. Auf seine Anzeige hin hatte nämlich außer mir noch jemand anderes geantwortet, und der war dann Thilos Freund geworden. Als Thilo und ich uns getroffen haben, hat es ziemlich geknistert zwischen uns. Aber Thilo ist sehr treu und hätte seinen Freund niemals betrogen und ich hätte auch deswegen niemals was gemacht. Ich fand das so toll mit Thilo und seinem Freund. Später, als ich immer wieder Frust in Beziehungen erlebt habe und dachte, mit Schwulen könnte man gar keine Beziehung führen, habe ich mir immer wieder die Beziehung von Thilo und seinem Freund vor Augen gehalten. Die beiden waren der Beweis: Es gibt feste Beziehungen! Es geht doch! Thilo und ich sind gute Freunde geblieben – wir sehen uns auch heute noch. Ich kann das hier gar nicht in Worte fassen, wie wichtig Thilo für mich war.

Ich habe damals noch auf eine Anzeige geantwortet, fand den Typen auch nett, war aber nicht davon überzeugt, ob ich nun verliebt war oder nicht. Nach zwei oder drei Versuchen habe ich die Sache dann abgeschlossen.

Harald

Kurz darauf bin ich zum ersten Mal schwul ausgegangen, und zwar ins *SO 36* in Kreuzberg. Zwei von meinen Freundinnen sind mitgegangen, wollten da aber eigentlich gar nicht hin, weil sie keine Ahnung hatten, was sie dort erwartet. Hinterher haben sie oben auf dem Podest getanzt und ich stand unten. Aber da habe ich meinen ersten Freund kennengelernt, Harald, mit dem ich vier Monate zusammen war. Damals lastete ein unheimlicher Druck auf mir: Ich dachte, du bist jetzt 18, du musst doch unbedingt mal Sex haben. Meine Erwartungen an Sex waren riesig, dank *Bravo*. Als ich dann das erste Mal mit Harald ins Bett gegangen bin, war es irgendwie gar nicht so enorm – es war ganz normal, so normal, wie es halt sein kann. Ich hatte die Vorstellung von Sex drei Jahre mit mir rumgeschleppt und fand das jetzt okay. Ich hatte auch keine Selbstkonflikte, ob das jetzt schlimm ist oder so. Ich fand Harald auch sehr sympathisch, faszinierend, aber heute weiß ich, dass ich nicht verliebt war. Es war frustrierend, dass ich nicht so mit den Gefühlen da drinsteckte.

Dann hat er mir seine Nummer gegeben. Meine Nummer hätte ich ihm nie gegeben, denn dies hier war in einer total anderen Welt als mein Zuhause mit meiner Mutter und meiner Schwester. Keiner sollte in diese heile Welt eindringen.

Eine Woche später sind Harald und ich zusammen ins Kino gegangen. Ich war total aufgeregt! Als wir nebeneinander saßen und uns unterhalten haben, stellte sich heraus, dass unser Altersunterschied 14 Jahre betrug! Das war schon witzig: Er saß da mit seinem Sportpulli, superjung, dynamisch, und ich konnte gar nicht glauben, dass da soviel Jahre dazwischen lagen. Aber egal, wir hatten eine supergute Freundschaft. Aber so richtig intensiv war es nie. Nach fünf Monaten haben wir uns getrennt. Ich fand ihn supernett, aber es war kein Fortschritt in meinen Gefühlen. Irgendwie musste noch mehr kommen. Sein Freundeskreis war auch total nett, aber es war eine ganz andere Welt; alle waren im Beruf, ich noch in der Ausbildung. Von seiner CD-Sammlung kannte ich nichts. Da dachte ich: „Das passt nicht, es geht nicht." Ihm ging es aber ähnlich. Wir hatten längere Gespräche darüber und beschlossen, dass wir auf anderer Ebene weitermachen wollten. Heute haben wir immer noch eine supergute Freundschaft, sehen uns oft, telefonieren ständig und skaten nachts um drei Uhr über den Ku'damm. Es ist auch gleichberechtigter zwischen uns geworden.

Nach zwei Wochen konnte ich sie nicht mehr ertragen

Dann kam eine Zeit, in der ich von Typ zu Typ geschlittert bin. Doch nach zwei Wochen konnte ich die Männer nicht mehr sehen. Sie konnten mir nichts geben und auch der Sex war langweilig. Auf der anderen Seite habe ich durch die Fitnessstudios, in denen ich arbeite, viele Schwule kennengelernt. Ich merkte, dass auf einmal Leute da waren, die sich für mich interessiert haben. Auch die Szene hat mir viel Spaß gemacht, aber nur in der Gruppe. Alleine wegzugehen ist superfrustrierend. Du schaust irgendeinen Typen an, und der steht vollkommen arrogant da und wartet, dass was passiert, aber es passiert nichts. Eine Zeitlang habe ich immer den ersten Schritt getan. Ich fand es immer ein Wunder, wenn mich jemand toll fand. Doch jetzt lass ich die anderen auf mich zukommen. Mein Selbstbewusstsein ist von null auf hundert gestiegen.

Eines Abends habe ich in der *Busche* meine erste große Liebe kennengelernt. In den hab ich mich echt verknallt. Wir haben eine Zeit lang mit Blicken geflirtet und ich hab gedacht: „Den kriegst du doch sowieso nicht!“ Er hatte dunkelblonde, lange Haare und sah aus wie ein Modeltyp. Irgendwann kam er auf mich zu, gab mir seine Telefonnummer und sagte: „Ich bin Felix und ich würde mich freuen, wenn du mich mal anrufen würdest.“ Das war das erste Mal, dass ich sagen würde, ich hatte eine Beziehung. Das Ganze dauerte fünf Monate. Danach ging es einfach nicht mehr. Er war supereifersüchtig und klebte bei jeder Party an meiner Hand. Noch viele andere Gründe führten dazu, dass es irgendwann geknallt hat. Es gab nur noch Missverständnisse, bis wir nicht mehr miteinander gesprochen haben – und die Beziehung nicht mehr zu retten war. Aber heute ist auch er ein guter Freund. Wir telefonieren regelmäßig, gehen tanzen und sehen uns ab und zu.

Austoben

Jetzt kam eine Zeit, in der ich keine Beziehung wollte. Vorher hatte ich immer von einer Partnerschaft geträumt und hatte ein Traumbild davon im Kopf. Doch nun wusste ich, wie die harte Realität aussieht. Also bin ich viel ausgegangen, ins *Toms*, *Jaxx*, *Connection* und in die *Treibhaus-Sauna*. Meinem letzten Freund ging es genauso wie mir.

Auch er wollte jetzt keine feste Beziehung. Wir sind oft zusammen ausgegangen. Doch bei ihm war noch lange nicht Schluss. Es kam das *Kit Kat* und die Drogen. Da wurde mir zum ersten Mal klar, wieviel Drogen in der Schwulenszene genommen werden – Koks, Poppers, E und so was. Irgendwann habe ich zu ihm gesagt: „So gehe ich nicht mehr mit dir weg!“ Heute haben wir die einfache Absprache, dass Drogen tabu sind, wenn wir zusammen weggehen.

Und überhaupt ging mir mit einem Mal die Ausgeherei auf die Nerven. Auch die ganz tollen Typen nervten mich. Ich habe gedacht: „Jetzt reicht's mit Austoben!“ Ich wusste plötzlich ganz sicher, dass ich eine feste Partnerschaft wollte. Entweder richtig oder gar nicht!

Halbe Sachen kommen nicht in Frage

Vor zwei Monaten habe ich mich dann auch richtig verknallt. Wir haben uns kennengelernt, ohne gleich miteinander ins Bett zu gehen; keinen Sex gehabt, nur gekuschelt. Alles lief auf eine feste Beziehung hin. Nach zwei Wochen, als es gerade superschön war und wir zusammen im Bett lagen, meinte ich zu ihm: „Es ist zu perfekt, irgendwo muss doch ein Haken sein!“ Es gab auch einen Haken, sogar einen sehr großen. Neben mir gab es noch jemand anderen. Das war ein Schock! Aber ich wollte nicht warten und auch keine halben Sachen machen. Also habe ich mich getrennt. Aber ich trauere ihm noch sehr nach. Irgendwann wird ihm ein Licht aufgehen, was er an mir hatte, und er wird denken: „Scheiße!“

Julian ist 20 und arbeitet als Aerobictrainer.

„In der DDR haben wir nicht darüber geredet." – zum Beispiel Guido

Ich bin im Berliner Bezirk Weißensee geboren, also im Ostteil der Stadt. Meine Großeltern waren katholisch, was meine Eltern nachhaltig geprägt hat. Wir lebten in einer katholischen Siedlung am Rande der Stadt. Mein Vater war in der Partei.

Zu Hause war ich eigentlich immer beiden Einflüssen ausgesetzt, den kommunistischen und den katholischen. Als ich in der zweiten Klasse war, ging ich zweimal die Woche zum Religionsunterricht und natürlich auch zu den Jungen Pionieren. Das verwirrte mich – zum einen die Meinung vor allem meiner Großeltern, bei denen ich als kleiner Junge gelebt habe, und zum anderen die Meinung in der Schule und bei den Jungen Pionieren. Ich bin zu meiner Mutter gegangen und habe sie gefragt, was ich tun soll. Meine Mutter hat dann gesagt, ich solle das selber entscheiden, was ich für richtig halte. Also bin ich bei den Jungen Pionieren geblieben und hab den Religionsunterricht fallenlassen; ich wollte zur Mehrheit gehören und nicht ausgeschlossen sein. Ich habe mich eigentlich auch nie ausgeschlossen gefühlt, obwohl ich mit 12 oder 13 schon gemerkt habe, dass irgendwas bei mir anders läuft.

Die spielten Fußball und ich Rugby

Meine Altersgenossen hatten andere Interessen, haben Fußball gespielt und sich für Technik begeistert. Ich habe Fußball gehasst und mich im Sportunterricht geweigert, mitzuspielen. Die anderen haben dann versucht, mich davon zu überzeugen, dass Fußball doch eigentlich toll ist. Vor allem mein Sportlehrer wollte, dass ich mitspiele, hat aber auch akzeptiert, dass ich keine Lust hatte. Er meinte, ich sollte mitmachen – wegen der Zensur. Ich glaube, ich war in ihn verliebt.

Mich fasziniert vor allem Kunst, Geschichte, Pferde – und Rugby. Ich konnte Rugby spielen und die anderen Jungs in der Klasse mussten es erst lernen, dadurch wurde ich wieder gleichwertig. Dass ich schwul sein könnte, habe ich zu der Zeit noch nicht gedacht, obwohl mich Jungen interessierten. Besonders zwei Jungen in meiner Klasse, die so wirkten, als hätten sie den Durchblick. Weil ich mich an sie nicht rangetraut habe, habe ich immer versucht, mit deren Freundinnen Freundschaft zu schließen. Aber von Sexualität hatte ich in dieser Zeit überhaupt keine Ahnung. Da war ich 14.

Knochenharte Schlafanzughosen

Als ich meinen ersten Samenerguss hatte, wusste ich gar nicht, was das war; ich dachte, ich wäre ein Bettnässer geworden. Ich habe dann die knochenharten Schlafanzughosen vor meiner Mutter verborgen, habe sie erst aufbewahrt und dann irgendwann verbrannt. Natürlich ist meiner Mutter aufgefallen, dass ich irgendwann nur noch Oberteile hatte. Sie hat sich wohl gedacht, was los war. Jedenfalls sagte sie, sie müsse mich mal aufklären. Sie tat das, indem sie mir Zeitungsartikel und Bücher hinlegte. Dann meinte sie noch, ich sollte mich mit meinem Vater unterhalten. Wir haben auch miteinander geredet, aber nicht über Sex. Das einzige, was er zum Thema zu sagen hatte: „Komm mir nicht mit einer Negerin oder mit einem Mann an!" Das war im Herbst 1976. Etwa drei Monate später habe ich richtig gespürt, dass ich auf Jungen stehe, habe das aber immer noch nicht mit „schwul" in Verbindung gebracht. Ich wusste gar nicht, was das war. In meiner Pantomimengruppe waren zwei Jungs, die so wirkten, als hätten sie eine Beziehung miteinander. Ich habe sie beobachtet,

Kontakt zu ihnen gesucht und bin extra mit der Straßenbahn einen Umweg gefahren, um ein Stück mit ihnen mitzufahren.

Erste schwule Kontakte

Irgendwann, als ich mal wieder einen Umweg gefahren bin, bin ich an der Kastanienallee ausgestiegen, wo viele Schwule rumliefen. Dann bin ich angequatscht worden. Ich kann mich gar nicht mehr erinnern, mit wem ich das erste Mal Sex hatte und wie es für mich war. Es ging alles so schnell. Ich weiß aber noch, dass es in kürzester Zeit drei Partner waren. Mit zweien habe ich mich über längere Zeit öfter getroffen. Einzeln natürlich. Einer war Anfang 20 und ein anderer Anfang 30. Mit der Zeit habe ich immer mehr Männer kennengelernt und mit ihnen Sex gemacht – so habe ich meine Sexualität entdeckt. Die Männer waren alle älter als ich, zumindest zu dieser Zeit. Eines Tages aber passierte etwas, das mich entsetzte: Jemand wollte bei mir penetrieren. Ich fand das ganz furchtbar und habe mich gewehrt, da sagte der andere zu mir: „Genau das werden die meisten mit dir machen wollen.“ Dann war erst einmal Schluss für mich. Ich habe mich von den Männern zurückgezogen.

Bei Mädchen bekam ich keine Erektion

Stattdessen habe ich versucht, mit Mädchen zu schlafen, doch das hat nicht geklappt – ich habe keine Erektion bekommen, es ging einfach nicht.

Von da an wusste ich, dass ich schwul bin. Das war jetzt mein kleines Geheimnis. Ich habe mit niemandem darüber geredet und habe es auch nicht vermisst, darüber zu sprechen. Es war für mich seit der Erkenntnis nie ein Problem, schwul zu sein. Es hat mich auch nie mehr sonderlich beschäftigt. Das war eben so, und da musste ich mir keine Gedanken drüber machen. Dann lernte ich Georg kennen, der mit 29 fast doppelt so alt war wie ich. Georg hatte sich in mich verliebt. Ich war nicht verliebt, aber fühlte mich zu ihm hingezogen. Er war mein Mentor sozusagen, Vaterersatz auch. Meine Eltern waren inzwischen geschieden. Ich lebte bei meiner Mutter.

Jedenfalls hat mich Georg „aufgeklärt", über das Leben, die Liebe und die Welt. Uns verband auch unser katholischer Background – seine Familie war genauso katholisch wie meine – und ich konnte mit ihm über alles reden. Meine Liebhaber waren zu dieser Zeit immer älter und erfahrener als ich – mit Gleichaltrigen hatte ich Schwierigkeiten. Zum einen wusste ich nicht, wo ich sie kennenlernen sollte, denn es gab kaum Discos, zum anderen interessierten sie mich intellektuell nicht. In der Buschallee war ein *Fresswürfel*, das war eine Art Kantine, in der wöchentlich oder monatlich – ich weiß es nicht mehr – eine Schwulendisco stattfand. Dort habe ich dann erste gleichaltrige Partner kennengelernt.

Niemand hat darüber geredet

Mit 17 fand ich meinen ersten richtigen Freund, Frank, mit dem ich zehn Jahre zusammen war. Wir haben uns im *Café Prenzlau* kennengelernt, das eine der wenigen Schwulendiscos in der Stadt war. Ich habe mich erst allmählich auf Frank eingelassen. Das erste halbe Jahr habe ich noch mit anderen rumgemacht, doch dann hörte das auf. Alles in meinem Leben reduzierte sich auf Frank und unsere Beziehung. Nur der Kontakt zu Georg blieb.

Ich habe mein Schwulsein nie verheimlicht, aber es hat mich auch nie jemand danach gefragt. Auch zu Hause nicht. Also wurde einfach nicht darüber geredet. Ich habe deswegen auch nie Leidensdruck gehabt. Sexualität betrachtete ich nur als einen Baustein der gesamten Persönlichkeit, und warum sollte ich dem soviel Bedeutung geben? Georg zum Beispiel war als Mensch viel wichtiger als die Tatsache, dass er schwul war.

Ich wollte raus aus dem kleinbürgerlichen Umfeld

Mit 18 bin ich dann von zu Hause ausgezogen. Die Beziehung zu meiner Mutter war gestört. Ich wollte aus dem familiären, kleinbürgerlichen Umfeld raus, konnte es nicht mehr ertragen. Meine Eltern haben meine musischen Ambitionen nie wirklich gefördert. Ich sollte Handwerker werden, einen soliden Beruf ergreifen. Ich kann ihnen dafür keinen Vorwurf machen, denn Musik gehörte nicht gerade zu ihrem Leben. Obwohl mich meine Mutter um meinen Eigensinn auch beneidete. Gegen ihre Mutter konnte sie sich nie durchsetzen.

Mit 18 bin ich also raus von zu Hause und habe eine sogenannte besetzte Wohnung übernommen. So nannte man damals Wohnungen in Häusern, um die sich die Hausverwaltungen nicht kümmerten – da konnte wohnen, wer wollte. Ich bin in so eine Wohnung eingezogen. Dann, kurz bevor Frank zur Armee eingezogen wurde, sind wir zusammengezogen, da war ich 22. Etwa ein halbes Jahr nachdem Frank wieder zu Hause war, kam mein Einberufungsbescheid. Ich habe den Termin, so oft ich konnte, hinausgezögert. Ich hatte eine Wahnsinnsangst vor der Armee und versucht, einen „Jagdschein" zu bekommen. Ein „Jagdschein" bescheinigte einem, dass man psychisch krank war beziehungsweise akut selbstmordgefährdet. Das war so ziemlich die einzige Möglichkeit, nicht zur Armee zu müssen. Schwulsein war kein Grund. Also bin ich ein Vierteljahr zu einer Gesprächspsychotherapeutin gegangen und habe ihr alles über mich erzählt, auch dass ich schwul bin. Am Ende sagte sie mir, sie hielte mich für völlig gesund und stabil, aber sie würde mir gerne den Schein ausstellen, wenn ich das wollte. Doch sie warnte mich auch: Vor einem Militärpsychologen hätte ich nicht bestehen können und außerdem sähe es für meine Zukunft schlecht aus, wenn ich so einen Schein hätte. Also entschied ich mich, zur Armee zu gehen. Etwa zur gleichen Zeit sagte ich meiner Mutter, dass ich schwul bin. Sie reagierte enttäuscht, aber nicht etwa wegen meiner Homosexualität. Vielmehr enttäuschte sie, dass ich bis dahin nicht mit ihr darüber gesprochen hatte. Sie habe es sowieso die ganze Zeit gewusst.

Der Punkt war aber der, dass wir zu Hause nie über Sexualität gesprochen haben. Ich habe meine Eltern auch nie nackt gesehen.

Ich bin nie diskriminiert worden

Sex, Körperlichkeit, Probleme – all das war tabu. Überhaupt wurde in der DDR wenig über persönliche Probleme geredet. Über Politik ja, am liebsten über die Mangelwirtschaft, wann man wo was kaufen konnte und was es wieder mal nicht gab, aber über einen selbst nicht. Homosexualität wurde stillschweigend zur Kenntnis genommen. Andererseits habe ich auch nie Beschimpfungen oder Diskriminierungen erfahren; ich habe nie jemanden getroffen, der offen intolerant war. Alle zeigten sich schweigsam, aber tolerant. Erst nach der Wende habe ich erlebt, wie intolerant einige Menschen in der ehemaligen DDR sein können, Stichwort „Rechtsextremismus“. Ich vermute, dass die vermeintliche Toleranz von damals etwas damit zu tun hat, dass wir täglich Dogmen ausgeliefert waren. Mit der Toleranz wollten wir uns eine Illusion der Großzügigkeit, der Freiheit, der Weltoffenheit erhalten. Meine Oma zum Beispiel fand FKK-Baden toll und ist da auch mal hingegangen, obwohl meine Familie, wie gesagt, sich zu Hause nie nackt gezeigt hat. Heute findet sie das unmöglich.

In der Armee wurde ich stark – und hatte eine bittere Erkenntnis

Doch zurück zur Armee. Mir blieb also nichts anderes übrig, als zur Armee zu gehen. Ich war mittlerweile 24 und einer der ältesten in meiner Einheit. Schon bald nachdem ich dort angekommen war, merkte ich, dass alle Angst hatten. Dadurch bekam ich mehr Sicherheit. Doch dann merkte, ich, dass die anderen viel mehr Angst hatten als ich. Also wurde ich mutiger: Wenn mich ein Vorgesetzter bestrafen wollte, dann habe ich ihm gesagt: „Danke, bestraf mich ruhig! Lass mich putzen! Zeig's mir!“ Das hat geholfen – sie haben mich schnell in Ruhe gelassen. Ich bin sogar noch aufgestiegen und als Unteroffizier entlassen worden. Viele bei der Armee wussten auch, dass ich schwul bin, auch ein Vorgesetzter wusste das. Aber auch hier habe ich nie Benachteiligungen gespürt. Doch ich habe eine andere, weitaus wichtigere Erfahrung gemacht als den Umgang mit Homosexualität: Vor der Armeezeit war die DDR für mich immer wie eine große Familie gewesen. Auch die Schwulen in der DDR waren eine große Familie. Danach aber habe ich erkannt, dass die Spielregeln der DDR im Grunde genommen leicht durchschaubar waren und das ganze System auf Lug und Trug aufgebaut war. Das hat mich deprimiert und es mir hinterher schwer gemacht, mich wieder in die Gesellschaft der DDR, in die „Familie“ zu integrieren.

Kontakt zur Stasi

Sicher hatte die Stasi auch ein Auge auf mich, aber bis heute habe ich keine Akteneinsicht beantragt. Ich will nicht wissen, wer in meinem Umfeld dabei war, mich vielleicht abgeschöpft hat. Ein einziges Mal bin ich mit der Stasi direkt in Berührung gekommen. Ich bin in die Keibelstraße vorgeladen worden wegen „Klärung eines Sachverhaltes". Bis dahin kannte ich Beamte immer nur uniformiert, aber in diesem Fall saßen mir zwei Männer in Zivil gegenüber – da wusste ich Bescheid. Ich war durch und durch angespannt, weil ich gar nicht wusste, um was es ging. Es ging um einen Freund von mir, der sich in den Westen abgesetzt hatte, wie ich dort erfuhr. Ich war darüber so überrascht, dass ich es zunächst nicht geglaubt hatte. Sie wollten, dass ich irgendwas unterschreibe, dass ich niemandem etwas von diesem Gespräch erzählte. Ich war fast hysterisch und sagte intuitiv: „Dieses Gespräch kann ich gar nicht für mich behalten. Ich erzähle es nachher dem Erstbesten, der mir über den Weg läuft. Ich mach mich strafbar, ich kann das gar nicht", und so ein Zeug. Irgendwann haben sie mich gehen lassen. Ich vermute, das hätte der Anfang einer langen „Freundschaft" werden können. Die Stasi hat sich auch auf Schwule als Zielpersonen konzentriert, weil die angreifbarer und erpressbarer waren als andere und vor allem Kontakte durch alle Bevölkerungsschichten hatten.

Ich bin nicht repräsentativ – anderen erging es anders

Ich glaube sowieso, dass nicht alle ihr Schwulsein in der DDR so konfliktfrei erlebt haben wie ich. Viele haben sich wahrscheinlich auch geschämt oder sind diskriminiert worden. Mein Beispiel steht nicht für alle anderen.

Es gab auch Schwule in der DDR, die sich schwulenpolitisch engagiert haben. Ich gehörte nicht zu denen. Mich hat das früher immer eher befremdet, weil ich dachte, die Sexualität ist doch nur ein kleiner Teil des Lebens, warum muss man da soviel Wirbel drum machen. Heute sehe ich das anders. Die Schwulenbewegung war wichtig, und sie hat viel erreicht.

Ich habe die Wende als Befreiung erlebt, weil ich damals beruflich und intellektuell in der Krise war. Aber von meinen kommunistischen Ideen habe ich mich nie ganz verabschiedet, zumal man sagen muss, dass der realexistierende DDR-Sozialismus davon entfernter war, als es die globalisierte Industriegesellschaft heute ist.

Guido ist 37 und arbeitet als Kulturmanager für freie Theatergruppen.

„Das erste Mal war ich in eine Frau verliebt.“
– zum Beispiel Frank

Ich bin in einem kleinen Ort im südlichen Niedersachsen aufgewachsen – tiefste Provinz also. Meine Eltern haben eine Gastwirtschaft. Als ich 15 war, bin ich manchmal sonntags, wenn kein Betrieb war, in den Gastraum geschlichen und habe Illustrierte durchgeblättert. In den meisten waren nackte Frauen abgebildet, aber das interessierte mich nicht so. Eine der Illustrierten hatte eine Serie, die über mehrere Wochen ging und alle möglichen Männer zeigte: griechische, italienische oder skandinavische Männer, nackt natürlich. Die habe ich mir dann immer heimlich angesehen. Aber auf die Idee, schwul zu sein, bin ich überhaupt nicht gekommen.

Mir fehlten alle wichtigen Informationen. In meinem Ort habe ich nichts über Schwule mitgekriegt, wie die leben, was die im Bett so machen und so weiter. Und meine sexuellen Fantasien waren auch nicht sehr aufschlussreich: Ich habe mir beim Wichsen immer vorgestellt, dass ich zusehe, wie ein Mann und eine Frau miteinander schlafen – was sollte daran schwul sein?

Als ich etwas älter war, habe ich mit anderen Jungs zusammen gewichst. Einem habe ich sogar mal einen geblasen. Mit „schwul“ hatte das aber alles nichts zu tun – die anderen taten es ja auch. Wenn mir mal durch den Kopf schoss, ob ich vielleicht schwul sein könnte, dann habe ich immer auf ein Motto zurückgegriffen: „Männliche Teenager vergleichen sich miteinander.“ Beim Sport zum Beispiel, wenn ich die Schwänze von den anderen gesehen habe und mich das angeturnt hat, habe ich mir immer gesagt: „Das ist normal, du vergleichst deinen Schwanz mit einem anderen Schwanz – das machen alle.“ Wenn mich damals jemand gefragt hätte, hätte ich mich als vollkommen heterosexuell bezeichnet und das auch geglaubt.

Um mich herum war alles heterosexuell – warum sollte ich anders sein?

Mit 15 hatte ich meine erste Freundin. Wir mochten uns, sind miteinander gegangen, aber alles war rein platonisch. Mir war es wichtiger, in Cliquen rumzuhängen, als mich um Mädchen zu kümmern. Mit 17 lernte ich Gitte kennen. Das wurde dann schon eine richtige Beziehung. Zum Sex kam es aber nicht, weil Gitte religiös war und nach dem Motto lebte: „Sex vor der Ehe kommt nicht in Frage.“ Ich glaube, ich habe ein- oder zweimal ihre Brust berührt, mehr war nicht. Einerseits war ich froh, weil ich noch keine sexuelle Erfahrung und Angst hatte, vor lauter Aufregung keinen hochzukriegen und mich zu blamieren. Andererseits wollte ich endlich Sex haben! Mein Trieb wollte befriedigt werden. Schwul war auch jetzt kein Thema, weil um mich herum alles heterosexuell fixiert war – der Ort, die Clique, meine Familie. Und dann, mit 18, lernte ich Renée kennen, das erste Mal, dass ich verliebt war – in eine Frau.

Ich hatte Angst, es nicht zu bringen

Renée war zwei Jahre jünger als ich und ich habe sie auf einer Party kennengelernt. In der ersten Zeit hatten wir noch keinen Sex miteinander; wir waren frisch verliebt und alles war noch so neu, so aufregend. Renée war genauso zurückhaltend wie ich; sie hatte auch noch keine Erfahrung. Und ich hatte sowieso dauernd Angst, es nicht zu bringen. Zu der Zeit lief Wolfgang Petersens *Die Konsequenz*, das erste Schwulendrama im Fernsehen, an das ich mich erinnern kann, mit Selbstmord am Schluss und so weiter. Ich habe den Film gemeinsam mit Renée und meiner Clique gesehen und alle waren hinterher sehr bedrückt. Ich auch, doch da war noch mehr. Der Film hatte mich tiefer berührt, als ich es wahrhaben wollte. Aber geschnallt habe ich nichts. Vielmehr bestätigte der Film alle Vorurteile, die es gab: Schwule leiden, bringen sich um, werden verfolgt. Das hat mir überhaupt nicht geholfen. Ganz im Gegenteil: Damit wollte ich nichts zu tun haben.

Der Körper meiner Freundin war schön – aber richtig gereizt hat er mich nicht

Kurze Zeit später ist es dann passiert: Wir haben miteinander geschlafen. Mein erstes sexuelles Erlebnis! Es passierte sozusagen „nebenbei". Ich war deshalb nicht so aufgeregt wie sonst und es war schön, die Kuschelvariante. So war es überhaupt mit Renée: lieb, romantisch, kuschelig, und über unsere sexuellen Fantasien wurde nicht wirklich geredet. Der weibliche Körper hat mich erregt, aber nicht so richtig, nicht so, wie es hätte sein können. Alles war irgendwie fremd, anders und damit auch ein wenig unerotisch. Aber was ich wollte, wusste ich damals noch nicht.

Mit 23 dachte ich, ich wäre bisexuell

Dann bin ich nach Berlin gezogen – ich war mittlerweile 20 und seit einem Jahr mit Renée zusammen. In Berlin lernte ich Ralf kennen, der gerade sein Coming-out hatte. Ralf ging jeden Samstag zum Tanzen ins Schwulenzentrum und nahm an einer Coming-out-Gruppe dort teil. Er redete immer von „den anderen", was heißen sollte, dass er eigentlich nicht schwul wäre. Natürlich war er es. Mich hätte es auch gereizt, mal dahin zu gehen, aber irgendwie ist es nicht dazu gekommen. Ich lebte weiter in der Beziehung mit Renée und habe hin und wieder was mit Ralf unternommen. Mit „schwul" hatte ich immer noch nichts zu tun.

Mit 23 habe ich ein Praktikum am Theater gemacht. Einer der Schauspieler war bisexuell. Mit der Zeit bekam ich immer mehr Vertrauen zu ihm, und irgendwann nahm er mich mit in eine schwule Disco. Das war das erste Mal, dass ich in einer schwulen Disco war. Das war schon faszinierend. Jedenfalls erzählte er mir an diesem Abend von seinen Beziehungen und wie es ist, auf Männer und auf Frauen zu stehen. Er sagte den für mich zentralen Satz: „Ich bin bi und das ist okay. Wenn ich nur hetero oder nur schwul wäre, würde ich mich um die Hälfte meiner Chancen berauben."

An diesem Abend schlich sich bei mir ein Verdacht ein, der mein Leben völlig umkrempeln sollte: Vielleicht war ich bi! Bi! Auf diese Idee war ich noch gar nicht gekommen und wollte das gleich überprüfen. Da ich damals studierte, ging ich in der Uni ab und zu in den *Rosa Salon*, das war ein schwules Café. Ich hatte überhaupt keine Schwierigkeiten, dahinzugehen, weil da auch viele Heteros hingingen. Ich setzte mich also dahin und wartete darauf, dass mich jemand anmachte. Selbst hätte ich mich das niemals getraut, denn schließlich war ich derjenige, der mit seinem Schwulsein unsicher war. Ich dachte, die anderen müssten doch sehen, was mit mir los war. Doch die anderen sahen gar nichts. Niemand baggerte mich an.

Christian – mein anderes Ich

Zur gleichen Zeit fanden viele Gespräche mit Renée statt. Ich wollte wissen, was sie von Schwulen hält oder ob sie es sich vorstellen konnte, auch mal mit einer Frau zu schlafen. Sie reagierte verblüfft, weil ich mit solchen Fragen kam, aber geschnallt hat sie nichts. Mir ging das Thema nicht mehr aus dem Kopf. Ich brauchte Abstand, Zeit für mich, einen Neuanfang, und so entschied ich mich für ein Austauschjahr in den USA.

In der Vorbereitungsgruppe für den Austausch lernte ich Christian kennen. Christian war in einer ähnlichen Situation wie ich: gleiches Alter, Freundin, grübelte, ob er schwul sein könnte. Nach einer Party bin ich mit zu ihm nach Hause. Wir lagen nebeneinander, stierten an die Decke, konnten kaum atmen vor Anspannung und wussten nicht, was wir miteinander anstellen sollten. Völlig verkrampft das Ganze. Das muss man sich mal vorstellen: Da liege ich endlich mit einem Mann im Bett und konnte es endlich einmal ausprobieren und es passierte nichts! Noch nicht jedenfalls.

Kurze Zeit später kam nach ich Austin, Texas, und Christian nach Milwaukee, Wisconsin. Ich telefonierte ab und zu mit Renée, die noch nichts von alledem ahnte, und natürlich mit Christian. Zu Weihnachten wollte er mich in Texas besuchen und ich hatte mich auch schon wahnsinnig gefreut, da kam die Nachricht aus Berlin: Renée wollte kommen. Oje, das schmiss alle Pläne und Wünsche über den Haufen. Ich konnte ihr natürlich nicht sagen: „Du kannst nicht kommen", denn schließlich war sie meine Freundin.

Verrückt nach seinem Körper

Doch dann, zu Springbreak, das ist die Zeit zwischen den Semestern in den USA, hat es geklappt: Ich bin nach Milwaukee geflogen. Christian hat mich vom Flughafen abgeholt, wir sind noch einen Kaffee trinken gegangen, aber der ganze Zirkus diente eigentlich nur der einen Sache – wir wollten unbedingt miteinander ins Bett. Das geschah dann auch. Das erste Mal Sex mit einem Mann! War das toll! Wir haben uns die ganze Zeit gestreichelt und uns einen runtergeholt. Ich bin wie verrückt auf seinen Körper abgefahren, viel mehr als auf einen Frauenkörper. Plötzlich wusste ich ganz genau: Da wollen meine erotischen Fantasien hin! Es war alles so einfach; er hatte einen Schwanz, ich hatte einen Schwanz, ich wusste ganz genau, was ich tun musste, um ihn zu erregen. Mit Renée war das immer so kompliziert, da habe ich mich oft gefragt, ob ich alles richtig mache. Dann haben wir im Bett gelegen und ganz viel geredet, und Christian wusste natürlich ganz genau, wie es mir ging: genauso wie ihm. Was hatte ich nur all die Jahre gemacht?

Jetzt musste es auch raus!

Nach der einen Woche in Milwaukee konnte ich mich mit meinen Gefühlen nicht mehr zurückhalten – am liebsten hätte ich es in die Welt hinausgeschrien! Der erste, der es erfahren hat, war mein Nachbar aus meinem Geburtsort, mit dem ich als Jugendlicher sehr eng befreundet war und der auch zu meiner Clique gehörte – ihm habe ich ganz spontan eine Postkarte geschrieben. Dann habe ich es Jeff erzählt, einem heterosexuellen amerikanischen Freund. Bei ihm habe ich mich dann ausgeheult, denn ein großes Problem stand mir ja noch bevor: Ich musste es Renée sagen. Mein Studium in den USA dauerte noch drei Monate und am Telefon wollte ich es ihr nicht sagen. Was sollte ich tun? Also habe ich doch noch am selben Abend, als ich wieder in Austin war, bei Renée angerufen. Aber gesagt habe ich nichts – mir blieb einfach die Sprache weg. Dann habe ich wieder mit Jeff geredet und dann, noch in der gleichen Nacht, einen Brief geschrieben. Damit war es endgültig raus!

Oje, Renée war völlig von den Socken. Zuerst war sie sprachlos, dann rief sie dauernd an und wollte hören: „Das war nur ein einmaliges Erlebnis, alles wird wieder gut." Doch das konnte ich ihr nicht sagen, denn ich wusste, dass es nicht stimmte.

Renée gab nicht auf, denn als ich nach Berlin zurückkam, wurde ziemlich bald klar, dass sich mit Christian keine Liebesbeziehung anbahnen würde. Das nährte Renées Hoffnungen, dass es doch noch mit uns weitergehen konnte. Aber ich wollte nicht mehr. Stattdessen lernte ich den nächsten Mann kennen: Bert. Von da an wusste ich: „Es gibt kein Zurück mehr." Ich musste die Beziehung zu Renée beenden. Und gleichzeitig meine heterosexuelle Identität. Aus, Schluss, ich war schwul und ich bin es heute noch. Richtig schwul, vollkommen schwul, und mir geht es wunderbar damit. Nachdem wir uns getrennt hatten, Renée und ich, war erst einmal Funkstille zwischen uns, zweieinhalb Jahre lang. Ich brauchte diese Zeit, weil ich Abstand zu allem brauchte, zu Renée, zu meiner Vergangenheit, zu meiner scheinbaren Heterosexualität. Heute ist es so, dass ich ein neues Leben lebe, in dem auch Renée eine große Rolle spielt. Aber in meinen sexuellen Fantasien spielen Frauen keine Rolle mehr, und weil ich ein „Spanner" geblieben bin, stelle ich mir jetzt immer vor, wie zwei Männer miteinander vögeln.

Ich wollte die Menschen, die mir wichtig waren, nicht verlieren

Ich weiß nicht, warum ich mich so viele Jahre verleugnet habe. Ich vermute, es hatte was damit zu tun, dass ich in meiner Clique bleiben wollte und bei Renée, die ich, obwohl ich heute weiß, dass ich schwul bin, sehr geliebt habe und immer noch liebe. Ich bin ein Mensch, der viele Freunde braucht und dessen größter Horror es ist, einsam zu sterben. Ich wollte meine Clique behalten, also habe ich mich ihnen angepasst. Ich wollte Renée behalten, also habe ich mich ihr angepasst. Jede Auseinandersetzung mit meinem Schwulsein hätte meine Freundschaften, meine Sicherheiten gefährdet, obwohl die Leute aus der Clique gar nichts gegen Schwule hatten. Renée war ein Teil und ein Sinnbild dieser Clique, die es ja später in der ursprünglichen Zusammensetzung gar nicht mehr gab. Ich habe Jahre gebraucht, um mich von der Clique, von Renée und von der Heterosexualität zu lösen. Heute weiß ich, dass ich als Schwuler auch nicht alleine bin. Ich habe zum Teil neue Freunde, zum Teil sind die alten geblieben; ich lebe in einer festen, glücklichen Beziehung mit einem Mann und habe nach wie vor eine hervorragende Beziehung zu Renée – nur eben anders.

Frank ist 39 und arbeitet als Internetredakteur in einem Kulturbetrieb.

Coming-out zwischen den Kulturen – zum Beispiel Ilhan und Dogan

Ilhan

Während meiner Jugend hatte ich nicht viele Gelegenheiten zu merken, dass ich schwul bin, denn ich habe sehr strenge Eltern - nicht, was den Glauben betrifft, aber von der Moral her. Besonders mein Vater ist sehr streng. Er hat mir nicht erlaubt, auszugehen. Wie sollte ich wissen, was in der Welt passiert, oder wie sollte ich andere Männer kennenlernen, wenn ich nicht rausdurfte? Ich war das erste Kind und acht Jahre lang Einzelkind, bis mein Bruder und meine Schwester auf die Welt kamen. Ich habe viel zu Hause gesessen und mich um meine Geschwister gekümmert, sie zur Schule oder in den Kindergarten gebracht und wieder abgeholt.

Einmal, da konnte ich nicht in die Schule, weil ich nicht aus dem Haus durfte. Meine Eltern haben den Lehrern erzählt, ich wäre beschnitten worden und hätte deswegen zu Hause bleiben müssen. Das stimmte natürlich nicht, denn ich war ja längst beschnitten. Mit mir ist mein Vater so umgegangen, wie er es von seinen Eltern gelernt hatte. Woher sollte er es auch anders wissen? Mit meiner Mutter dagegen komme ich sehr gut klar - ich hänge an ihr, denn wir haben vieles gemeinsam erlebt. Zum Beispiel 1982, da war ich zehn und mit meinen Eltern in der Türkei. Eines Tages haben sich mein Vater und meine Mutter gestritten. Dann sind mein Vater und sein jüngster Bruder hergegangen und haben meine Mutter geschlagen. Seit diesem Zeitpunkt habe ich mit ihm und mit seiner Familie innerlich gebrochen. Mich haben sie hinterher unter Druck gesetzt; ich sollte gegen meine Mutter aussagen, weil sie sich scheiden lassen wollte. Das habe ich aber nicht getan – ich habe zu ihr gehalten, bis heute. Mein Vater schlägt sie immer noch, wenn ihm etwas nicht gefällt.

Meine schwulen Gefühle habe ich immer unterdrückt, weil ich Angst hatte, dass meine Familie das mitkriegen würde. Also habe ich mich immer mehr zurückgezogen. In der Schule war ich eher ein Einzelgänger und auch zu anderen Türken hatte ich wenig Kontakt. Ich komme mit der türkischen Kultur nicht klar. Wenn ich Türken was erzählt habe, dann wurde es gleich weitererzählt. Mit türkischen Männern konnte ich nur über Fußball oder Autos quatschen, aber das interessierte mich überhaupt nicht. Einmal, da gab es ein Fußballspiel, Deutschland gegen die Türkei, und da haben alle vor dem Fernseher gesessen, auch die Frauen. Aber ich habe mich im Hintergrund gehalten und Zeitung gelesen.

Mit 16 oder 17 habe ich mich langsam an andere Menschen herangetastet. Doch erst mit 20 habe ich begriffen, dass ich schwul bin. Ich habe damals in einem Kaufhaus gearbeitet, wo 80 Prozent aller Kollegen schwul waren. Da bin ich das erste Mal so richtig damit in Kontakt gekommen. Ich wusste, dass meine Familie was gegen Schwule hat, weil sie manchmal, wenn im Fernsehen was über Schwule gesagt wurde, komisch reagiert haben. Mittlerweile ahnen sie es bestimmt auch bei mir, denn ich habe zu Hause immer nur Männer vorgestellt, aber nie eine Frau.

Mit 23 hatte ich mein eigentliches Coming-out. Vorher lief nichts: keine Freunde, kein Sex, keine Partner. Aber mit 23 war ich es leid, dauernd zu Hause eingesperrt zu sein. Ich habe mich gewehrt, habe mir von meinem Vater nichts mehr sagen lassen und bin einfach rausgegangen. In dieser Zeit habe ich auch die ersten schwulen Männer kennengelernt. Aber ich habe Männer gehasst, die aggressiv wurden. Ich hasse jeden Mann, der mich an meinen Vater erinnert. Was das angeht, bin ich eine schwierige Person. Einmal zum Beispiel, da hat mich ein türkischer Freund mit in einen Darkroom genommen. Dort bin ich an jemanden geraten, der mich so richtig rannehmen wollte und mich an die Wand gedrückt hat. In so einem Augenblick will ich nur noch weg.

Vor zwei Jahren bin ich von zu Hause ausgezogen. Ich war es leid, mir die Nörgelei von meinem Vater anzuhören, wenn ich samstagabends ausging und manchmal erst am Sonntagmorgen zurückkam. Man muss sich mal vorstellen, dass ich früher nie ausgegangen bin – nicht mal in Heterodiscos. Jetzt habe ich meine eigene Wohnung und kann machen, was ich will.

Einen Freund habe ich zur Zeit nicht. Ich suche jemanden, an den ich mich anlehnen kann, jemanden, der es ehrlich meint. Meinen ersten Freund hatte ich mit 23, der war zwanzig Jahre älter als ich – eine Vater-Sohn-Beziehung sozusagen. Mit ihm war ich sechs Monate zusammen. Wir hatten keinen Sex, weil ich das nicht wollte. Irgendwann bin ich dahinter gekommen, dass er die ganze Zeit über in einer Beziehung gelebt hatte, und zwar seit 15 Jahren! Dann war es natürlich aus für mich.

Ich finde es sehr schwer, jemanden zu finden, der es ehrlich meint. Die meisten Schwulen, die man in der Szene trifft, sind schwanzgesteuert, sie wollen nur Sex und das war's dann. Schwule sind nicht treu. Ich suche einen Freund, der mir eine warme Schulter bietet, an die ich mich anlehnen kann. Wenn ich den gefunden hätte, dann hätte ich genug emotionale Unterstützung, um es meiner Familie sagen zu können.

Ilhan, dessen Eltern aus der Türkei kommen, ist 28, in Berlin geboren und lebt auch dort.

Dogan

Bis zu meinem 17. Lebensjahr hatte ich mehrere Freundinnen. Wenn eine was von mir wollte, habe ich ihr zugesagt. Zuletzt hatte ich eine Freundin, mit der ich insgesamt zwei Jahre zusammen war – auch sexuell. Die Beziehung war schön, aber auch nicht einfach, weil sie Türkin war und nicht machen durfte, was sie wollte.

Ich erinnere mich noch, dass ich mir in einem Magazin Fotos von Männern und Frauen angeschaut habe. Ein Paar hat mir besonders gut gefallen. Irgendwann habe ich mir nur noch die Männer angeschaut – in dem Magazin war gerade so eine Serie, *Mann des Monats* hieß die. Die Zeit war schlimm für mich, denn ich merkte, dass ich dabei war, meine Identität zu verlieren. Eines Tages hatte mein Bruder eine Zeitung mitgebracht, in der ich die *Lonely Hearts* gefunden habe und darunter die Rubrik *Er sucht ihn*. Ich habe mir die Seite immer wieder angesehen, aber mich zuerst nicht getraut, eine der Nummern anzurufen. Doch dann habe ich irgendeine Nummer gewählt; ich weiß sogar noch ungefähr den Text der Anzeige: „Suche Jungs, die Spaß daran haben, sich auszutoben" oder so ähnlich. Das hat mich neugierig gemacht. Also habe ich mir einen Namen ausgedacht, da angerufen und bin hingefahren.

Als der Mann die Tür öffnete, kam mir zuerst ein kleiner Hund entgegen – so ein kleiner mit vielen Haaren und einer platten Nase. Der Mann war 48 Jahre alt und optisch okay. Ich hatte vorher überhaupt kein Bild, wie er aussehen sollte und was ich von ihm wollte. Wir saßen dann auf einer braunen Ledercouch, und ich habe ihm erzählt, dass es das erste Mal für mich war. Dann hat er sich über mich gebeugt und mich geküsst. Ich saß da, gefühllos, kalt. Ich war wie unter Schock und dachte: „Was machst du da?" Dann hat er mich bedient. In dem Augenblick hat es mir Spaß gemacht, aber das ist ja auch kein Wunder, denn es macht jedem Spaß, wenn er bedient wird, aber danach bin ich sofort gegangen. Ich habe sofort die Adresse zerstört, mich geschämt, geekelt und geduscht und immer gedacht: „Was machst du da bloß? Wenn mich jemand sieht, wenn jemand das erfährt?"

Nach zwei Wochen lag wieder die Zeitung mit den *Lonely Hearts* da. Wieder war die Anzeige drin und wieder habe ich da angerufen. Wieder bin ich hingegangen und wieder hat er mich bedient. Doch dieses Mal hat er mir ein Kondom übergezogen. Ich hab's gemacht. Danach kam wieder der Ekel, ich wollte mich töten und habe immer gedacht: „Du willst doch Familie und Kinder!"

Einen Monat später bin ich noch Mal hin. Es war alles so lustlos. Wieder hat er mich bedient und er hat so furchtbar nach Zigaretten gestunken. Ich habe mich gefühlt wie ein Callboy. Danach habe ich zehntausend Mal geduscht. Doch nach einer Zeit wusste ich immer besser, welche Typen ich wollte: Anzugtypen oder Männer, die leger rumlaufen. Aber das war nur Fantasie – ich habe nie danach gesucht.

Dann bin ich in eine schwere Krise geraten. Ich hab mir gesagt: „Du musst dir einen Weg wählen – was willst du?" Meine Identität war völlig durcheinander. Dann habe ich mir wieder die *Zweite Hand* geholt und auf eine Anzeige geantwortet, doch dieses Mal auf eine andere. Der Typ war fast 20 und in einer gleichen Situation wie ich. Mit ihm hatte ich keinen richtigen Sex – wir haben uns nur geküsst. Eines Abends bin ich mit ihm in eine Bar gegangen. Dort habe ich einen Mann Mitte 30 kennengelernt, mit dem ich das erste Mal richtig schönen Sex hatte; langsam, lange und ohne gleich unter die Dusche zu springen danach. Die Affäre mit ihm hat ungefähr acht Monate gedauert und während dieser Zeit wurde mir bewusst, welchen Weg ich genommen hatte. Damit war mein Coming-out abgeschlossen.

Während einer Türkeireise zu meiner Tante habe ich im Hotel mit jemandem Sex gehabt – wir haben uns jeder für sich einen runtergeholt. Er wollte Analverkehr, aber ich wollte das nicht. Analverkehr hat eine besondere Bedeutung für mich. Mit meinem Freund damals hatte ich erst nach einem Jahr Analverkehr. Am Anfang hatte ich Schwierigkeiten, die passive Seite zu leben. Heute finde ich, man sollte flexibel sein und beide Seiten, aktiv und passiv, machen.

Nach dem Urlaub bin ich nach Berlin zurück und habe mir ein Stadtmagazin gekauft und mir dort die Kleinanzeigen angesehen unter *MM*. Da waren zwei Typen, die suchten jemanden, der ihnen Briefe übersetzt. Ich habe mich bei ihnen vorgestellt, aber zu den Übersetzungen ist es nie gekommen. Die beiden waren ein Paar. Wir sind zusammen ins Bett gegangen und hatten eine Zeit lang eine Dreierbeziehung. Jetzt fing mein Schwulsein so richtig an. Einer der beiden, er war zehn Jahre älter als ich, hatte sich in mich verliebt, und ich mich auch in ihn. Das war meine erste große Liebe – wir waren dann auch vier Jahre zusammen. Kurz nachdem ich ihm begegnet bin, sind wir in die „Flitterwochen“ gefahren. Mit seinem Freund hat er Schluss gemacht.

Meiner Familie habe ich erzählt, ich wäre mit einem gemeinsamen Freund der Familie unterwegs. Doch dummerweise traf ihn meine Mutter einige Tage später auf der Straße! Als ich zurückkam, wartete die ganze Familie auf mich und hämmerte auf mich ein: „Wo warst du? Warum hast du gelogen?“ und so weiter. Ich habe erzählt, ich wäre auf einem Trip im Ausland gewesen und hätte dort ein Mädchen kennengelernt, in das ich mich verliebt hätte. Sie haben es nicht wirklich geglaubt. In dieser Zeit war ich hin- und hergerissen zwischen meinem Freund und der Familie. Die eine Hälfte von mir lebte beim Freund, die andere Hälfte bei der Familie. Jeden Tag, den ich zu meinem Freund gefahren bin, habe ich etwas von zu Hause mitgenommen: eine Hose, ein Hemd oder ein Buch. Am letzten Tag habe ich nur noch mich selber mitgenommen. Meine Mutter hat geheult, weil ich langsam immer mehr von ihr weggegangen bin.

Meine Familie weiß nicht, dass ich schwul bin, und ich werde es ihnen auch nicht sagen. Meine Brüder würden mich ausschließen, wenn sie es erfahren würden. Und meine Mutter ist eine sehr gläubige Frau. Aber sie sagt auch: „Heirate nie – genieße dein Leben." Sie hat es sehr bereut, dass sie geheiratet hat. Im Übrigen habe ich ein sehr großes Ansehen innerhalb meiner Familie, weil ich sehr viel gereist bin. Ich war in den USA, Kanada, Tunesien, Marokko, Namibia, Singapur, Thailand, Malaysia, überall in Europa mit Ausnahme von Skandinavien, und bin der Leiter einer Austauschgruppe in der Türkei. Mein längster Aufenthalt war sechs Monate auf Malta. Meine Familie weiß: Was Dogan macht, das ist richtig!

Im Augenblick habe ich keinen Freund, und ich will auch keinen haben. Ich bin froh, allein zu sein, weil ich gar keine Zeit habe, mich um einen Freund zu kümmern. Die ganze Woche bin ich bei der Arbeit und dann mache ich noch eine Zertifikation in Französisch. Was soll ich da mit einem Freund, wenn ich erst abends um elf nach Hause komme?

Dogan ist Kurde. Seine Eltern kommen aus dem Osten der Türkei, aus einem kleinen Dorf an der Nähe der aserbaidschanischen Grenze. Dogan ist 23, in Berlin geboren und lebt auch dort.

„Nachdem ich den Mut hatte, es allen zu erzählen, bin ich Tim begegnet.“ – zum Beispiel Bernd

Ich komme aus einem kleinen Ort mit 800 Einwohnern in Niederbayern. Bei mir gibt es kein bestimmtes Erlebnis, bei dem ich gemerkt habe, dass ich schwul bin. Ich war immer schwul, solange ich mich erinnern kann. Aber ich weiß noch, als ich mich das erste Mal in einen Jungen verliebt habe: Da war ich elf, und der Junge war in meiner Klasse. Ich habe ihn richtig angehimmelt. Wenn beim Sport Mannschaften gebildet wurden, habe ich immer krampfhaft gehofft, in seine Mannschaft zu kommen. Wahrscheinlich hat er was gemerkt, denn er hat mich nie gewählt. Aber ich wusste damals noch nicht, was ich eigentlich empfinde und wie man dem begegnen sollte. Ich konnte auch mit niemandem darüber reden.

Dabei haben meine Eltern uns, also meinen Bruder und mich, immer sehr offen erzogen. Wir konnten fragen, was wir wollten, auch Begriffe zur Sexualität. Nur hat mich das alles nicht so interessiert. Ich wusste nicht mal, was Petting ist, bis mir eine Freundin mal eine Zeitung in die Hand gedrückt hat. Die Mädchen waren alle weiter als ich, aufgeklärter, weil sie *Bravo* gelesen haben. Mit denen habe ich mich auch immer besser verstanden als mit den Jungen; mit den Jungen wurde es irgendwann schwierig, weil ich mehr von ihnen wollte.

Das wird schon wieder vorübergehen

Eines Tages hat mich mal eine Freundin dabei erwischt, wie ich in der Schule einem älteren Jungen aus der neunten Klasse nachgeschaut habe. Sie sagte: „Du hast ihm nachgeschaut, als wenn du in ihn verliebt wärst." Das war mir natürlich peinlich und ich sagte: „Krampf!" Einen Monat später habe ich mit meiner Mutter darüber gesprochen. Sie meinte, das wäre in dem Alter ganz normal und das würde wieder vorbeigehen. Ich war erleichtert, dass ich mal mit jemandem geredet hatte, und dachte natürlich auch, dass das wieder vorbeigehen würde. Aber wenn ich damals jemanden getroffen hätte, der sich getraut hätte, das mit mir auszuleben, hätte ich sofort mitgemacht.

Dann habe ich mich in einen anderen Jungen verliebt. Wir hatten eine dicke Freundschaft und irgendwann habe ich ihm gesagt: „Es kann sein, dass ich in dich verliebt bin – aber keine Angst, es wird bestimmt bald vorbei sein.“ Natürlich habe ich gehofft, dass es ihm genauso ging wie mir, aber das war nicht so. Er hat nur gesagt: „Ja, ist okay!“ Ich war ziemlich fertig danach. Weil das für mich so belastend wurde mit ihm, habe ich die Freundschaft unterbrochen, für ein Jahr ungefähr. Danach konnte ich besser mit ihm umgehen.

Ich habe viel mit meiner besten Freundin über ihn geredet. Mit ihr habe ich über vieles geredet, auch über meine Gefühle zu Männern. Aber es wurde nicht so richtig ausgesprochen – ich weiß nicht, wie ich es ausdrücken soll –, ich habe es immer relativiert. Es war die ganze Zeit im Raum, aber es wurde nur ganz wenig benannt. Zum Beispiel habe ich der Freundin gesagt, dass ich mir schwulen Geschlechtsverkehr für mich gar nicht vorstellen könne (was auch stimmte) und dass ich deshalb gar nicht schwul sein könnte. Ich habe nicht so richtig Stellung bezogen.

Mit ihr habe ich mich toll verstanden – aber sie reizte mich nicht

In der achten Klasse, da war ich 14, war es nicht mehr ein ganz so großes Problem für mich, dass ich schwul bin. Aber dass ich alleine war und mit niemandem reden konnte, das war schlimm. Ich hatte viel Zeit, über mich nachzudenken. Ich war immer schon eher ein Einzelgänger, weil es mir nicht so viel bedeutete, unter Leute zu gehen. Stattdessen habe ich zu Hause gesessen und gegrübelt.

Dann, mit fünfzehn, hatte ich eine richtige Freundin. Mit ihr habe ich mich toll verstanden. Doch damit war aber auch schon der Maximalpunkt erreicht. Obwohl wir erst kurz zusammen waren, habe ich weiter Männern nachgeschaut. Ich mochte diese Freundin, aber sie reizte mich sexuell nicht. Frauen reizen mich im Allgemeinen sexuell nicht unbedingt. Aber ich wollte ausprobieren, ob ich schwul bin oder nicht. Meine Mutter war zunächst sehr glücklich, dass ich eine Freundin gefunden hatte. Doch nach einem siebenwöchigen USA-Aufenthalt habe ich die Sache beendet – es wäre dem Mädchen gegenüber nicht fair gewesen. Mein Bruder hat mir hinterher erzählt, dass meine Mutter sehr enttäuscht war, dass es mit dem Mädchen nicht geklappt hatte. Sie war wohl auch wütend darüber geworden. Mir gegenüber hat sie das aber nicht gezeigt.

Meiner Mutter ging es wie mir: Sie konnte mit niemandem darüber reden

Meine Mutter und ich haben uns eines Abends in eine Ecke verkrümelt und über die Beziehung zu dem Mädchen gesprochen. Ich habe meiner Mutter gesagt, dass es dem Mädchen gegenüber nicht fair wäre, die Beziehung fortzuführen, und habe ihr für meine Begriffe eigentlich auch klargemacht, dass ich schwul bin. Doch meine Mutter glaubte weiterhin, dass es nur eine Phase ist. Sie war sehr unglücklich, weil sie meinte, dass Schwule gesellschaftlich nicht anerkannt werden und natürlich auch wegen Aids. Aber sie hat sich viel Gedanken darüber gemacht und sich intensiv damit auseinandergesetzt und viel Literatur dazu gelesen. Sie hatte niemanden, mit dem sie darüber reden konnte. Im Grunde ging es ihr genauso wie mir – sie hatte ein Problem und konnte mit niemandem darüber reden. Heute wissen es die meisten aus unserem Freundes- und Bekanntenkreis. Vielleicht sind wir ein positives Beispiel.

Das erste Mal war eigentlich kein richtiges erstes Mal

Etwa zur gleichen Zeit hatte ich mein erstes sexuelles Erlebnis, wenn man das so nennen kann. Es war in einem Schwimmbad. Ein Mann – er wird so etwa 50 gewesen sein – hat mir unter der Dusche einen runtergeholt. Anschließend ist er sofort verschwunden – wahrscheinlich hat er geschnallt, wie alt ich bin. Danach habe ich mich total unwohl gefühlt, so richtig benutzt. Ich hätte anschließend unbedingt mit jemandem reden wollen, aber meine beste Freundin war an dem Abend nicht da. Etwa ein Jahr später hatte ich das nächste Erlebnis dieser Art. Im Fitnesscenter, in der Sauna, hat mich jemand angemacht und mit dem Auto ein Stück weit mitgenommen. Dort hat er mir einen runtergeholt. Nachdem ich gekommen bin, wollte ich nur noch weg. Es war ähnlich wie beim ersten Mal. Woher sollte ich auch wissen, was Schwule machen? Ich hatte weder Kontakt zu Schwulen, noch bekam ich in dem Ort, wo ich lebte, sehr viel davon mit. Alles um mich herum lebte heterosexuell. Ich hatte keine Vorstellung davon, wie homosexuelle Beziehungen laufen würden und ob die so sind, wie ich das gerne hätte. Im Grund hatte ich keinerlei Informationen.

Meine Entwicklung verlief so gut, weil ich mir niemals Sorgen um meine Eltern machen musste

Mit 16 habe ich versucht, immer mehr Leute einzuweihen, dass ich schwul bin. Bei einer Party, wo ich ziemlich betrunken war, habe ich den Arm um einen Mitschüler gelegt. Der hat hinterher überall rumerzählt, ich hätte ihn auf die Schulter geküsst, was überhaupt nicht stimmte. Seitdem habe ich mich mit ihm unwohl gefühlt und es wurde problematisch mit ihm. Bei einer Gruppenreise nach Berlin standen dieser Mitschüler und ich alleine unter der Dusche. Mir war das sehr peinlich; er hat sich auch ziemlich bald abgetrocknet. Dann habe ich meiner Mutter erzählt, dass er falsche Sachen über mich erzählt hat, und sie meinte dann: „Siehst du, die Leute ahnen es und interpretieren einiges rein." Ich glaube, meine Mutter wollte, dass ich mich mehr zurückhalte, weil sie mir Schwierigkeiten im Ort ersparen wollte. Man darf nicht vergessen: Bei uns kennt jeder jeden. Im Endeffekt hätte sie immer zu mir gestanden, selbst wenn ich auf dem Marktplatz schwule Werbeplakate verteilt hätte. Meine Entwicklung verlief so gut, weil ich mir niemals Sorgen um meine Eltern machen musste, was mein Schwulsein betraf.

Bei dem Berlinbesuch habe ich in einem Second-Hand-Laden das Coming-out-Buch *Männerliebe* gefunden. Ich hatte da auch noch andere Bücher gekauft und *Männerliebe* dazwischen geschoben, damit es nicht so auffiel. Die Fotos waren toll, aber die Texte brachten mir nicht viel, weil ich den Punkt – glaube ich – damals schon hinter mir hatte.

Ich habe gefühlt, dass es für meinen Vater ein Problem war

Auch mein Bruder war eine große Stütze für mich. Er ist zwei Jahre jünger als ich und hat ganz toll reagiert, als ich ihm das erzählt habe. Er hatte immer viel Verständnis für mich und meine Situation, und es bedeutet mir viel, ihn zu haben, vielleicht auch deswegen, weil ich es mittlerweile schon in anderen Familien ganz anders erlebt habe.

Mein Vater hat es als letzter erfahren – was ihn sehr verletzt hat. Er ist beruflich ziemlich eingespannt und hat damit, aus meiner Sicht, nicht die Möglichkeit, so wie er sich das vielleicht wünschen würde, am Familienleben teilzunehmen. Nachdem er es erfahren hat, hat er mir gegenüber okay reagiert. Ich habe aber gespürt, dass es ein Problem für ihn ist. Mein Gefühl war, dass es beide Eltern wussten, aber es keiner vor dem anderen zugegeben hat.

Meine Klasse hat toll reagiert

Danach kam für mich eine Zeit, in der ich es jedem auf die Nase gebunden habe. Ich dachte, je mehr es wissen, desto größer die Chance, dass jemand dabei ist, der auch schwul ist. Vielleicht spricht mich ja sogar jemand an. Spätestens jetzt hat es auch jeder in der Klasse gewusst. Eines Morgens im Kunstunterricht habe ich erzählt, dass ich beim Bund ausgemustert worden bin. In diesem Augenblick sagte ein Mädchen provokativ: „Wird man ausgemustert, nur weil man schwul ist?" Niemand in der Klasse hat reagiert. Dann hat sie es ein zweites Mal gesagt und wieder hat niemand reagiert. Es war eine tolle Klasse, sie haben zu mir gehalten.

Tim

Dann, vor zwei Jahren, habe ich Tim kennengelernt, der damals 23 war. Das war in einem Zeltlager der IG-Metall. Hört sich gar nicht schwul an, aber da ist es passiert. Es gab dort einen Didgeridoo-Workshop (Instrument, das die Aborigines in Australien spielen; J.B.). Als ich in das Zelt kam, wo der Workshop stattfand, stach mir Tim gleich ins Auge. Die natürliche Art, wie er mit den Leuten umging, hat mich fasziniert, und er hat wirklich unheimlich gut ausgeschaut. Dann haben wir uns Rücken an Rücken hingesetzt und Didgeridoo gespielt und unsere Köpfe aneinander gelehnt. Das war ein außergewöhnliches Gefühl – außergewöhnlich schön. Später hat er mir von seinem Bruder erzählt, mit dem er sich genauso gut verstanden hat wie ich mit meinem. Ich dachte mir, dass er vielleicht auch schwul ist, wenn er ein ähnliches Verhältnis zu seinem Bruder hat wie ich. Ich war davon überzeugt, dass es zwischen zwei Brüdern nicht so gut laufen kann, wenn nicht einer von beiden schwul ist.

Im Laufe des Abends habe ich ihm erzählt, dass ich Single bin und gerade nichts von Frauen wissen wollte – so habe ich es jedenfalls ausgedrückt. Er aber hat gesagt, dass er eine Freundin hätte. Da war ich ganz schön enttäuscht. Später dann, wir waren zu zweit auf dem Weg zu den Waschgelegenheiten, sagte er, er wollte mich nicht beleidigen, aber ob ich schwul sei? Erst habe ich gesagt: „Ja, stimmt, du hast den Nagel auf den Kopf getroffen!", doch dann habe ich Angst vor mir selber bekommen und einen Rückzieher gemacht. Ich habe geantwortet, ich wüsste nicht, ob ich mehr von ihm oder mehr von einem Mädchen aus dem Camp wollte.

Auf dem Rückweg sind wir an seinem Zelt vorbeigekommen, und dann ist es passiert. Das erste Mal geküsst, das war wunderschön. Wir haben drei Stunden zusammengelegen und alles war ganz zärtlich – wie in einem Rauschzustand. Es war so befreiend, die Gefühle endlich herauszulassen! Bei meinen anderen beiden Erlebnissen im Schwimmbad und auf der Straße hatte ich nichts empfunden, aber dieses Mal war richtig viel Gefühl dabei! Tim hatte es bis dahin immer noch verneint, schwul zu sein, obwohl er einige Jahre älter ist als ich. Das wunderte mich etwas, denn ich dachte, ich wäre doch schon abgeschottet genug aufgewachsen. Aber mit meinem mittlerweile starken schwulen Selbstbewusstsein habe ich es auch aus ihm herausgeholt. Seitdem sind wir zusammen.

Von Großstädten und der Szene dort habe ich so merkwürdige Sachen gehört. Alles soll so schnelllebig sein, die Männer wie Wegwerfware. Viele, die in der Würzburger Szene rumlaufen, sind mit 25 oder mit 30 schon frustriert, weil sie sich zwar ausgelebt haben, aber es auch nicht geschafft haben, eine ernsthafte Bindung hinzukriegen. Ich bin froh, auf dem Land aufgewachsen zu sein. Wir haben zwar nicht die Kontaktmöglichkeiten wie in der Großstadt, aber wer will, findet auch jemanden.

Bernd ist 19 und studiert in Würzburg Informatik.

„Ich beneide Schwule, die sich ausleben können."
– zum Beispiel Manfred

Ich verstecke mich nicht, weil ich schwul bin, aber ich habe oft ein unangenehmes Gefühl deswegen. Es ist so ein Drücken, so ein dumpfer Druck in der Bauchgegend. Ich kann einfach nicht glücklich sein. Es belastet mich, dass ich nicht so frei und locker mit meiner Homosexualität umgehen kann wie andere, aber ich weiß nicht, wie ich es ändern soll. Ich wäre viel lieber heterosexuell geworden.

Ich arbeite als Flugbegleiter und bin täglich mit schwulen Kollegen zusammen. Das müsste mich doch eigentlich lockerer machen. Aber das tut es nicht. Wenn mich meine heterosexuellen Arbeitskollegen fragen, ob ich eine Freundin habe, dann sage ich: „Ich bin solo", statt zu sagen „Ich bin schwul". Ich habe Angst vor denen; Angst, dass die mich nicht mehr akzeptieren könnten, wenn die erfahren, dass ich schwul bin. Eigentlich ist das völliger Quatsch, weil meine schwulen Kollegen ja auch akzeptiert werden. Aber das hilft mir nicht.

Ich bin zwiespältig. Ich gehe auch Hand in Hand mit anderen Männern über die Straße. Ich hoffe, dass das unangenehme Gefühl dadurch irgendwann einmal verschwindet. Doch bis jetzt hat es nicht geholfen.

Therapie

Seit meinem vierzehnten Lebensjahr weiß ich, dass ich schwul bin. Ich habe es daran gemerkt, dass ich Mädchen zwar alle ganz nett fand, aber nur in Jungs verliebt war. Die erste Zeit habe ich mit niemandem darüber gesprochen. Ich habe mich wie ein Außenseiter gefühlt. Mir ging es so schlecht in der Zeit, dass ich bei einer Psychotherapeutin, die bei der *Caritas* arbeitete, eine Therapie angefangen habe. Meinen Eltern habe ich den Grund für die Therapie verschwiegen. Ich habe mich aber auch nicht getraut, der Therapeutin zu sagen, dass ich schwul bin. Irgendwann wollten meine Eltern einmal unbedingt mitkommen. Nach dieser Sitzung haben sie mir verboten, weiterhin zu ihr zu gehen, weil sie die Therapeutin absolut unmoralisch fanden.

In dieser Zeit und auch Jahre später noch habe ich ganz viel über Homosexualität gelesen. Ich habe alles gelesen, was ich in die Finger kriegen konnte. Manchmal habe ich die Nachmittage in Büchereien verbracht und nach Büchern gesucht: wissenschaftliche, populäre – egal, Hauptsache es stand etwas über Homosexualität drin.

Dann bin ich eines Tages zu meiner Mutter gegangen – ich weiß noch, sie hat gerade Geschirr gespült – und habe ihr gesagt, dass ich schwul bin. Für meine Mutter war das das Schlimmste, was ich ihr hätte sagen können. Nachts hat sie es meinem Vater erzählt und am nächsten Tag wurde ich zu einem Gespräch „einbestellt". Mein Vater sagte, er nehme die ganze Sache nicht ernst und das würde schon wieder vergehen, wenn nur die Richtige kommen würde. Für meine Mutter war das alles eine Katastrophe. Ein Homosexueller stand für sie noch unter einem Kriminellen.

Sie sollte es mir wegmachen

Also habe ich nach einiger Zeit wieder eine Therapie angefangen, aber dieses Mal bei einer anderen Therapeutin. Ich habe dagesessen, den Kopf gesenkt und mich wieder nicht getraut zu sagen, dass ich schwul bin. Stattdessen habe ich irgendwann gesagt: „Ich bin in einen Mitschüler verliebt." Daraufhin sagte sie: „Nennen wir doch die Dinge beim Namen: Es geht um Homosexualität." Bei dem Wort zuckte es durch meinen ganzen Körper. Natürlich wollte ich, dass sie es mir wegmachte. Sie war noch in der Ausbildung zur Gesprächspsychotherapeutin und hatte einen Supervisor, also jemanden, der sie beaufsichtigte, und der hat ihr dann wohl gesagt, dass man Homosexualität nicht wegtherapieren könnte. Nach neun Monaten habe ich die Therapie abgebrochen, weil sie mir nichts gebracht hat.

Meine Mutter kommt in der Zwischenzeit sehr gut mit meinem Schwulsein klar. Sie hat viel darüber gelesen und ihre Einstellung zu Schwulen völlig geändert. Mein Vater ist bis heute skeptisch geblieben, aber er sieht das auch nicht mehr so verbissen wie früher.

Schwule sind geile Böcke!

Mit 19 bin ich nach Berlin gezogen, und das war auch die Zeit, in der ich andere Schwule kennengelernt hatte. Ich bin in die lesbisch-schwule Jugendgruppe gegangen und bin richtig aktiv geworden. Wir sind damals mit Wissen des Senats durch die Schulen gezogen und haben die Schüler im Sexualkundeunterricht über Homosexualität aufgeklärt. Es ist also nicht so, dass ich mich vollkommen in mich zurückziehe. Ich habe sehr viele Freunde, gehe oft in die Szene und finde es auch sehr angenehm, dass man sich dort geben kann, wie man ist, dass man keine Angst haben muss, unter Heterosexuellen ein Außenseiter zu sein. Obwohl ich diesen Schaukampf, wer der Schönste ist, auch ziemlich abstoßend finde.

Am meisten stört mich das Vorurteil, das viele Heterosexuelle haben, Schwule wären immer geil oder Schwule wären geile Böcke. Mir ist das unangenehm, wenn jemand denkt, ich wäre ein geiler Bock. Auf der anderen Seite bewundere ich viele Schwule dafür, wenn sie ihren Sex so ungehemmt ausleben können. Ich bin da zwiespältig. Ich will das mal an einem Beispiel erklären: Wenn meine männlichen heterosexuellen Arbeitskollegen erfahren würden, dass ich schwul bin, dann könnten sie denken, ich wollte sie anmachen. Und allein für den Gedanken schäme ich mich. Mir geht es aber auch beim Sex mit einem Mann so, dass ich Angst habe, ein „geiler Bock" zu sein, und deshalb kann ich manchmal beim Sex auch nicht abschalten. Ich habe immer Angst, die anderen könnten denken, ich will zuviel.

Kein Sex ohne Beziehung

Mir persönlich ist es wichtig, Sex in Verbindung mit einer Partnerschaft zu leben und dass ein Liebesgefühl mitschwingt. Als ich 17 war, habe ich in einem Schwimmbad einen Mann getroffen, der älter war als ich. Ich hatte noch nie schwulen Sex und habe gemerkt, dass der es auf mich abgesehen hatte. Als ich in meiner Umkleidekabine stand, schaute er oben rüber in meine Kabine und fragte, ob er zu mir kommen könnte oder ob ich in seine Kabine kommen wolle. Eigentlich wollte ich und eigentlich wollte ich nicht. Irgendwann bin ich dann rüber und dann haben wir uns gegenseitig einen runtergeholt. Das war widerlich, abstoßend. So mechanisch, so ohne jedes Gefühl. Ich habe gedacht: „Das ist schwuler Sex?" und habe erstmal die Finger davon gelassen – zwei Jahre lang. Dann, auf einem Wochenendurlaub in Berlin habe ich wieder einen Mann kennengelernt. Der war ganz erstaunt, wie unerfahren ich noch war. Beim Sex hielt er mir Poppers unter die Nase und ich dachte: „Was ist denn das? Das ist ja furchtbar!" Mein Problem auch heute noch ist, dass ich immer so gutmütig und so vernünftig sein will, aber die Welt ist eben viel schlechter (lacht).

Mir fehlt eine eigene Familie

Ich glaube, heterosexuelle Männer haben es da einfacher. Wenn die auf der Straße eine hübsche Frau sehen, dann können sie in den meisten Fällen davon ausgehen, dass sie eine potenzielle Partnerin ist. Wenn ich auf der Straße einen hübschen Mann sehe, dann muss ich davon ausgehen, dass er heterosexuell ist. Heterosexuelle brauchen auch ihre Sexualität nicht zu erklären. Wir müssen immer sagen, warum wir so sind, wie wir sind.

Im Übrigen fehlt es mir, dass ich keine Kinder haben kann. Ein Grund ist sicherlich, dass es normal ist, Frau und Kinder zu haben, und ich auch normal sein will. Ein anderer, noch viel wichtigerer Grund ist aber der, dass Kinder einem eine Lebensaufgabe und ein Lebensziel geben, und das habe ich als schwuler Mann nicht. Wenn ich mein Patenkind in Frankreich besuche, dann werde ich ganz traurig, dass ich das nicht haben kann. Ich habe auch den Wunsch nach einer dauerhaften Ehe, ganz traditionell. Ich finde es schade, dass ich das nicht haben kann. Obwohl ich sagen muss, dass sich mein Idealbild etwas verändert hat, seitdem mein Vater pensoniert worden ist. Meine Eltern leben seitdem in einer ständigen Krise, weil sie das erste Mal in ihrem Leben füreinander Zeit haben.

Meine Partner haben mich verlassen

In meinen Beziehungen mit Männern habe ich eigentlich nie das bekommen, was ich mir gewünscht habe. Ich möchte eine feste, sichere, monogame Beziehung. Doch die Männer, die ich bisher hatte – insgesamt fünf –, sind alle während der Beziehung massiv untreu geworden. Irgendwann haben sie gesagt, sie wollen jetzt eine offene Beziehung und irgendwann waren sie dann weg. Ich weiß, dass ich auch einiges falsch gemacht habe in meinen Beziehungen. Alle Männer haben mir hinterher vorgeworfen, ich wäre zu konservativ. Das stimmt. Ich bin zu sehr auf Prinzipien, auf Werte aus. Ich will immer wissen: Was ist richtig? Was ist falsch? Hetero ist richtig, schwul ist falsch. Im Übrigen kamen alle meine Partner wunderbar mit ihrem Schwulsein klar. Die passten dann vielleicht auch nicht zu mir, wo ich soviel Schwierigkeiten damit habe.

Manfred ist 40 und arbeitet als Flugbegleiter.

„Ich will normal sein!" – zum Beispiel Felix

Als ich in die dritte Klasse gegangen bin, mit neun, da habe ich mit ein paar Jungs aus meiner Klasse einen Porno gesehen. Anschließend wollten wir das, was die da im Film gemacht haben, auch machen und haben miteinander Sex gehabt. Nichts Wildes, aber ein bisschen blasen und so. Mit 16 habe ich mit einem der Jungs, die damals dabei waren, eine sexuelle Beziehung angefangen. Er wohnte in der Nachbarschaft. Mir hatte das sehr viel Spaß gemacht, und ich bin auch gar nicht auf die Idee gekommen, etwas Verbotenes zu tun oder schwul zu sein. Der andere hatte aber große Probleme damit und so hat er etwa ein Jahr später die Beziehung abgebrochen. Ob er schwul ist, weiß ich nicht; wir haben kaum noch Kontakt zueinander, aber eine Freundin hat er nicht.

Mit 19 bin ich in Skiurlaub gefahren. Von einem der Jungs, die da mitfuhren, war bekannt, dass er schwul war. Im Urlaub habe ich mich an ihn rangemacht und es lief auch was. Als ich wieder nach Hause kam, wusste ich, dass ich schwul bin. Ich wollte mit irgendjemandem reden und habe es meiner besten Freundin erzählt, die ich damals seit zehn Jahren kannte. Weil ich mich geschämt habe, habe ich ihr erzählt, der andere hätte mich verführt. Doch der andere hatte ihr erzählt, dass die Initiative von mir ausgegangen war, und meine Freundin hat das überall in meiner Clique rumerzählt. Danach habe ich mich von der Clique distanziert, nicht nur deswegen, aber unter anderem auch deswegen. Ich fühlte mich von ihr verraten – sie hat sich nicht freundschaftlich verhalten.

In meiner neuen Clique habe ich erstmal nichts gesagt, sondern habe mein Schwulsein abgestellt. Das war einfach kein Thema. Die Sexualpartner, die ich gefunden hatte, hatten keinen Bezug zu meiner Clique, ein Doppelleben sozusagen. In dieser Zeit habe ich einen Mann durch eine Kleinanzeige kennengelernt und einen über das Internet – ein Blind Date. Er war 17, ich war 20, und in ihn habe ich mich unheimlich verliebt. Er sich aber nicht in mich. Er wollte nur Sex, aber nicht mehr. Die ganze Sache dauerte eine Woche, dann habe ich das abgebrochen. Wenn ich es mir heute überlege, war er mir auch ein bisschen zu jung.

Schleichendes Coming-out

Aber in dieser Verliebtheitsphase habe ich es heulend zwei Mädchen aus meiner Clique erzählt. Ich glaube, es hat sie verletzt, weil sie was von mir wollten, aber sie haben das nicht so gezeigt. Sie haben sehr nett reagiert, und mit ihnen habe ich immer noch guten Kontakt. Vor kurzem habe ich es dem letzten aus der Clique erzählt, einem Jungen. Es war sozusagen ein schleichendes Coming-out. Ich will nicht, dass das dauernd ein Thema ist. Ich möchte mir auch kein Schild auf die Stirn pappen, wo „schwul“ draufsteht. Aber andererseits nervt es, wenn die anderen dauernd fragen: „Wie findest du die?“ und „Wie findest du die?“, und ich immer brav antworten muss. Es ist erleichternd, wenn ich so sein kann, wie ich bin. Niemand aus der Clique hat merkwürdig reagiert, alle haben es ganz normal zur Kenntnis genommen.

In der ersten Zeit meines Coming-outs wollte ich noch keine Beziehung haben. Ich wollte frei bleiben und spontan handeln können. Ich weiß noch, es war im August, da bin ich mit zwei lesbischen Freundinnen in Würzburg in die Szene gegangen, da gab es an einem Tag in der Woche immer einen Schwulenabend. In dieser Zeit ging es übel zur Sache; da habe ich mich richtig ausgelebt, mit One-Night-Stands und so. Im Nachhinein denke ich, mir fehlte beim Sex sehr stark die Beziehung.

Jan

Ende November habe ich dann meinen ersten Freund kennengelernt, mit dem ich zwei Jahre zusammen war, Jan hieß er. Das ging ein Jahr lang, als wir verliebt waren, alles ganz gut, aber dann hat uns der Alltag eingeholt. Ich habe immer mehr seine negativen Seiten kennengelernt: Er wollte immer Recht haben, bestand auf seiner Meinung und wollte mir sagen, wo es langgeht, „Das wird jetzt gemacht!" und „Das wird jetzt gemacht!" Er war sechs Jahre älter als ich und stand auf Jungs im Alter von 16 plus. Er meinte, ich würde etwas jünger aussehen. Er hat mich damit in einen großen Zwiespalt gebracht: Einerseits hat er erwartet, dass ich jung aussehe, und andererseits wollte er, dass ich Gespräche wie ein 30-Jähriger führe. Nach einem Jahr hatten wir also eine große Beziehungskrise. In dieser Krise haben wir uns für zwei Wochen getrennt. Wir hatten einen Tag vereinbart, an dem wir uns wiedersehen wollten. In dieser Nacht bin ich in die Szene gegangen, um Jan um Mitternacht zu überraschen, weil ich dachte, Mitternacht wäre ja schon der besagte Tag. Ich hatte ihm ein kleines Geschenk mitgebracht, weil es auch unser Einjähriges war. Doch er wollte nichts von mir wissen, hat sich die neue Brut angeschaut und mir gesagt: „Wir sind erst für morgen verabredet." Das war schon ziemlich schlimm für mich.

In dieser Nacht habe ich aber einen anderen Mann kennengelernt. Jetzt kam eine harte Zeit auf mich zu, denn auch Jan wollte wieder was von mir. Ich konnte mich nicht entscheiden und habe, wenn ich bei dem einen war, gesagt, ich würde mich vom anderen trennen, und umgekehrt. Ich fühlte mich vollkommen zerrissen. Am Ende habe ich mich dann für Jan entschieden. Das ging noch neun Monate gut und dann haben wir uns friedlich getrennt. Heute glaube ich, dass ich die neun Monate brauchte, um selbstbewusster, unabhängiger zu werden. Vorher bin ich Jans Launen nachgetanzt. Nun bin ich also seit einem Jahr solo und treffe alte Bekannte, mit denen ich auch mal Sex habe. Ich genieße den Zustand, aber ich vermisse auch etwas: Liebe und Geborgenheit.

Meine Mutter hat sich Vorwürfe gemacht, mein Vater redete irgendetwas von „gesellschaftlichem Ausschuss“

Meiner Mutter habe ich es gesagt, als ich aus dem Skiurlaub wiederkam. Sie hat gelassen reagiert, aber sie hat es auch nicht so richtig ernst genommen, so nach dem Motto: „Das wird schon wieder vorübergehen.“ Sie versucht es zu tolerieren, aber akzeptieren kann sie es nicht. Das ist scheiße für mich. Immer, wenn ich mal was erzählen wollte, zum Beispiel, dass mir ein Typ gut gefällt, oder was ich gerade erlebt hatte, dann kam ein Gesicht, als müsste sie gleich kotzen. Irgendwann habe ich es aufgegeben, irgendwas zu Hause zu erzählen. Ich nehme meine Mutter aber auch nicht mehr so ernst; meinetwegen kann sie Gesichter schneiden, wie sie will. Ich bin ihr ausgebrütetes Küken und ich sollte später auch mal Küken ausbrüten. Sie ist enttäuscht, dass das nicht passiert. Sie macht sich selbst auch große Vorwürfe, dass sie einen Sohn zum Schwulsein erzogen hat, obwohl sie weiß, dass man Homosexualität nicht erziehen kann.

Mein Vater hat ganz kühl reagiert, mit wenig Taktgefühl. Er hat sofort versucht, sich das zu erklären, das einzuordnen oder das abzulegen, wie er das im Büro macht. Er hat sinngemäß gesagt: „Es ist erwiesen, dass es gesellschaftlichen Ausschuss gibt.“ In dem Moment, in dem er das sagte, fand ich das gar nicht so schlimm, aber hinterher ist es mir doch hochgekommen. „Gesellschaftlicher Ausschuss“, das heißt für ihn Sozialhilfeempfänger und Schwule. Ich habe mir anschließend selbst Vorwürfe gemacht und gedacht: „Schwule sind unnormal – selbst dein Vater sieht das so.“

Ich leide sehr darunter, dass ich keine eigenen Kinder habe

Eigentlich sind Schwule für mich ganz normal, aber irgendwie doch nicht. Ich leide sehr darunter, dass ich keine eigenen Kinder haben kann, aber vielleicht werde ich später einmal welche haben. Allerdings bin ich mir nicht sicher, ob mich Frauen überhaupt sexuell anziehen; manchmal denke ich, ja, aber manchmal denke ich auch, ich rede mir das nur ein, weil ich normal sein will. Ich denke, Homosexualität ist nicht normal, solange es nicht von der Gesellschaft hundertprozentig akzeptiert wird, und das wird nicht passieren. Ich werde nie tuckenmäßig rumhopsen, ich will immer normal, unerkannt bleiben. Deshalb bleibt das Interview auch anonym. Ich will für meine Nachbarin der liebe, brave Schwiegersohn bleiben. Ich habe große Angst davor, nicht akzeptiert zu werden. Ich will nicht allen erzählen, dass ich schwul bin – wer weiß, wie die damit umgehen. Auch in einer Freundschaft würde ich es eher verschweigen, als dass ich die Freundschaft aufs Spiel setzen würde. Meine sexuelle Neigung steht hinter einer Freundschaft.

Früher, da hatte ich oft Depriphasen. Dann habe ich mich in irgendetwas reingesteigert, fühlte mich allein, sah einer schwarzen Zukunft entgegen, dass ich keine Kinder haben werde, dass die Szene so schnelllebig ist und dass man als Älterer keinen mehr abkriegt. Aber die letzte Depriphase ist schon lange vorbei.

Felix ist 22 und möchte anonym bleiben.

„Was in der Bibel steht, war richtig." – zum Beispiel Olaf

Eigentlich komme ich gar nicht aus einem christlichen Elternhaus. Doch meine Mutter fand, dass es wesentlich und ein guter, lebensmoralischer Hintergrund war, was ich da im Kindergottesdienst zu hören bekam, also schickte sie mich dahin. Da war ich vier. Abends hat sie mit mir gebetet: „Ich bin klein, mein Herz ist rein, soll niemand drin wohnen als Jesus allein." Sie hat darauf bestanden, dass ich getauft wurde, obwohl sie selbst gar nicht kirchlich geheiratet hat. Heute glaube ich, dass sie ein schlechtes Gewissen hatte und wollte, dass ich vom lieben Gott noch eine Portion mehr abkriegte, als sie mir geben konnte. Anders kann ich mir das nicht erklären. Jedenfalls habe ich abends immer ganz viel gebetet, nicht nur für mich, sondern für alle Verwandten und Bekannten gleich mit. Das war fast schon eine Zwangshandlung. Jeden Abend habe ich angstvoll gegrübelt, ob ich auch niemanden vergessen hatte, den Gott beschützen sollte. Ich fürchtete seine Rache und dass der Person etwas Furchtbares zustoßen würde.

Gott war Pfarrer, Bulle und Mörder

Ich hatte ein ganz plastisches Bild von Gott. Er sah aus wie unser Gemeindepfarrer, unser Gemeindebulle und wie mein potenzieller Mörder. Ich weiß, das klingt furchtbar, aber so war es. Der Gemeindebulle war ein Bulle, der von unserer Gemeinde gehalten wurde, um die Kühe zu decken – so was gab's bei uns auf dem Land. Von diesem Bullen hatte der Gott in meiner Fantasie die breite Stirn – und die Potenz. Aber er war eben auch dieser Mörder – ein Mann, der ein paar Messer im Gürtel stecken hatte und vor dem ich eine Riesenangst hatte, dass er mich im Bett überfallen und umbringen könnte.

Die Dreiheit Pfarrer, Bulle und Mörder verbindet sich in dem Element der potenten Männlichkeit. Nicht nur vor dem Mörder hatte ich Angst, sondern auch vor dem Bullen. Denn ich kannte die Geschichten von den wildgewordenen Bullen, die den Bauern an der Stahlwand zerquetscht hatten. Es machte mir Angst, an einer Bullenkoppel vorbeizugehen. Aber ängstlich-lustvoll stand ich vor der im oberen Teil geöffneten Stalltür und betrachtete den gut angebundenen Gemeindebullen voller Faszination. Das Anlitz des Pfarrers floss in das Gottesbild mit ein, weil ich mich an ihn erinnere, wie er sich bei meiner Taufe (ich war dabei schon drei Jahre alt) über mich beugte und mich anschaute. Das war auch beängstigend und Respekt einflößend. Alle drei Teile dieses Gottesbildes sind potent und Angst einflößend – eine Energie, die aber auch in eine positive Kraft hätte verwandelt werden können, in ein Gefühl von positiver Männlichkeit und Selbstbewusstsein. Aber durch Mutters Spruch: „Wenn dich jemand umbringen möchte, so wird er das tun, niemand kann ihn daran hindern, aber es will ja niemand", konnte ich diese Kraft nicht positiv umsetzen, sondern sie blieb für mich bedrohlich.

Zu dieser Zeit ging ich zum Kindergottesdienst. Das hat mir sehr viel Spaß gemacht, denn dort wurde viel gesungen und wurden viele Geschichten von Jesus erzählt, die ich immer sehr spannend fand. Das hat mich fasziniert. Als ich älter wurde, bin ich in den Erwachsenengottesdienst gegangen. Nach meiner Konfirmation habe ich mit anderen zusammen den Kindergottesdienst mitgestaltet und geleitet. Die Arbeit mit Kindern hat mir sehr viel Spaß gemacht. Zu der Zeit habe ich mich gar nicht so sehr als gläubiger Christ verstanden, weil ich nicht fand, dass ich erlösungsbedürftig und sündig war. Und die Zwangsgefühle, wie ich sie als Kind beim Beten hatte, hatten sich auf alltägliche Verrichtungen verschoben, denen ich einen Prüfungscharakter anfantasierte, indem ich sie zum Beispiel in einer bestimmten Zeit geschafft haben musste, andernfalls hätte Gott mich nicht mehr lieb gehabt.

Ich hatte mich in meine Cousine verliebt

Als Jugendlicher habe ich viel mit meinen Cousinen gespielt. Insgesamt gab es vier Cousinen, die alle gleich alt waren. Ich hatte zwar auch einen Nachbarn als Spielkameraden, aber der war mir nicht so lieb wie meine Cousinen. Ich fand die Spiele mit Mädchen immer viel interessanter als die Spiele mit Jungen; hab ganz klassisch mit Puppen gespielt und mit den Mädchen Kaufmannsladen oder Vater, Mutter, Kind. Irgendwann habe ich mich in meine Cousine Astrid verliebt. Mit ihr war ich besonders gerne zusammen, weil sie schon mit zwölf anfing, wie eine Erwachsene zu sprechen. Doch sie hatte sich in meinen Cousin verliebt und er sich in sie. Dadurch erlebte ich ein ganz neues Gefühl: Eifersucht. Mit dem Cousin hatte ich ab und zu mal

Doktorspielchen gemacht, die auch immer in etwas Erotisches ausarteten. Aber auf den Gedanken, schwul sein zu können, bin ich damals überhaupt noch nicht gekommen. Es gab zwar auch einen Schulfreund, den ich vom ersten Tag an ins Herz geschlossen hatte, aber über die Begrifflichkeit „schwul" war ich mir nicht im Klaren.

Onanieren war nicht gottgewollt

Wenn ich sonntags in der Kirche saß, dann hatte ich manchmal ein schlechtes Gewissen, und zwar immer dann, wenn ich mal onaniert hatte. Ich habe schon früh onaniert, mit fünf oder so, natürlich ohne einen Orgasmus. Als kleiner Junge hat mich die Fantasie, auf dem Klo zu sitzen, sexuell erregt. Später hatte ich gar keine sexuellen Fantasien. Es ging mir schlecht danach, weil Onanieren nicht gottgewollt war. Ich kann mich noch gut erinnern, als ich meinen ersten trockenen Orgasmus hatte. Ich war total überrascht und erschreckt, dass es diesen Ausgang nahm. Im Gottesdienst fühlte ich mich dann besonders frevelhaft vor dem Altar Gottes, weil es so lustvoll ausging. Anschließend habe ich mir jedesmal gesagt: Ich werde es bestimmt nie wieder tun. Ich hatte auch Angst, ein Sexualstraftäter zu werden, der sich nicht beherrschen kann, Frauen überfällt, vergewaltigt und umbringt. In anderen Momenten habe ich gehofft, dass es vielleicht in die Richtung gehen würde, dass ich ein Familienvater mit zwanzig Kindern würde. Dann wäre mein Trieb sozusagen in bürgerliche Bahnen kanalisiert worden. Aber onaniert habe ich trotzdem. Irgendwann fand ich das zwar normal, aber das schlechte Gewissen ist zunächst noch geblieben.

Mit 14 wusste ich: So fühlt sich Liebe an

Mit 14 war ich zum ersten Mal richtig in ein Mädchen verliebt – das ist die Liebe, habe ich gedacht. Gleichzeitig war es aber eine ganz große Enttäuschung: Wir waren auf einer Geburtstagsfeier, wo sie sich in jemand anderen verguckt hat. Aber jetzt wusste ich: So fühlt sich Liebe an. Diesen hohen Grad der Gefühle hatte ich bis dahin nicht gehabt; immense Liebe und immense Enttäuschung im selben Moment.

Danach bin ich ein anderer Mensch geworden und erkannte: Das unterscheidet Erwachsene von Kindern. Gleichzeitig fühlte ich mich viel stärker mit meinen Cousinen verbunden, denn sie hatten schon vorher die Erfahrung gemacht wie ich jetzt. Doch Silke, so hieß die Angebetete, hing ich noch Monate lang nach, ohne den Versuch zu machen, an sie heranzukommen. Mein Selbstwertgefühl war einfach viel zu schlecht. Ich habe gedacht, sie will mich ja sowieso nicht. Dann habe ich nach anderen Mädchen Ausschau gehalten, in die ich mich hätte verlieben können. Ich fand auch welche, was nicht allzu schwer war. Doch das ganze Drama hat sich immer wiederholt. Ich war immer der Unerhörte, der den Mund nicht aufgekriegt hat. Ich hätte auch einen Brief schreiben oder meine Cousinen bitten können, es den Mädchen zu sagen, doch ich habe mich einfach nicht getraut. Die Liebe wurde nie lebendig, aber gab es auch keine Abfuhr.

Letzte Liebe vor dem Coming-out

Mit 17 war ich mal in ein Mädchen verliebt, mit der ich nach Schweden gereist bin, zusammen mit anderen Jugendlichen. Dort haben wir in einer Jugendherberge übernachtet. Weil die anderen dabei waren, konnte ich mal so richtig aus mir rausgehen. Wir haben zwar nicht miteinander geschlafen, aber viel gekuschelt und geknutscht. Doch sie kam mit dem Altersunterschied nicht klar – ich war 17 und sie 14. Als ich 18 war, habe ich die letzte Liebe vor meinem Coming-out kennengelernt – es war die Tochter von meinem Fahrlehrer. Mit ihr habe ich viel Zeit verbracht und war verliebt bis über beide Ohren. Sie auch in mich, wie ich es heute sehe, aber ich habe es wieder nicht übers Herz gebracht, ihr meine Gefühle zu zeigen. Ich hatte einfach kein Selbstbewusstsein. Ich habe sie auch als gesellschaftlich höher stehend empfunden. Meine Mutter hat mir diese Klassenunterschiede eingeimpft und mich hat das in meinem Werben zurückgehalten.

Ich war einerseits sehr verliebt und konnte mir aber andererseits auch nicht vorstellen, dass ich sie sexuell begehren würde. Zu der Zeit ahnte ich, dass mich Männer anziehen. Ich war nämlich monatelang in einen Mann verliebt, ohne dass ich merkte, dass ich verliebt war. Ich wollte ständig mit ihm zusammensein, am liebsten 24 Stunden am Tag. Da ich ja jetzt auch einen Führerschein hatte, konnte ich ihn immer am Wochenende besuchen, bei seinen Eltern im Westerwald. Er hieß Frank. Ich wusste nicht, ob er schwul ist. Wenn ich bei ihm übernachtet habe, dann hatte ich immer mein eigenes Bett; ich war mir auch überhaupt nicht über meine Gefühle im Klaren, denn schließlich hatte ich ja gerade noch Kerstin, also die Tochter des Fahrlehrers, geliebt. An Kerstins Geburtstag gestand mir Frank etwas: Er sagte, er würde sich immer so freuen, wenn ich ihn besuchen würde. Das war einer der glücklichsten Momente meines Lebens, denn Frank war ein stiller Typ. Es war schon etwas Besonderes, das von ihm zu hören. Eines Abends sind wir zusammen in die Disco und danach zu seinem Elternhaus, um dort zu übernachten. Dann hat er mir aus seinem Tagebuch vorgelesen und ich traute meinen Ohren nicht: Er war schwul. Und verliebt – doch nicht in mich, sondern in einen anderen, älteren Mann, der Karl-Heinz hieß und den ich auch kannte. Von diesem Augenblick an war mir alles klar, und es war ein unglaublicher Schock: Ich war auch schwul. Jetzt wusste ich es. Lange Zeit war ich in Frank verliebt, und wieder mal habe ich nichts gesagt.

Mit einem Mal wusste ich, was Karl-Heinz von mir wollte

Doch Karl-Heinz war nicht in Frank verliebt, sondern in mich. Er war 13 Jahre älter als ich, Religionslehrer und Prädikant, das heißt, er durfte im Auftrag der Kirche Gottesdienste abhalten. Nach Franks Geständnis begriff ich das erste Mal, das Karl-Heinz mich wollte. Vorher hatte ich das nicht bemerkt. Seine Annäherungsversuche waren mir lästig und ich war tierisch genervt und hatte auch überhaupt keine Gefühle für ihn. Doch jetzt war mir alles klar. Ich hatte eine Horrorvorstellung von diesem Dreieck, zumal Frank auch gar nicht wusste, dass Karl-Heinz in mich verliebt war. Eine Woche, nachdem Frank mir gesagt hatte, dass er schwul ist, hat mich Karl-Heinz zu sich nach Hause eingeladen, um mir zu sagen, was Sache ist. Zum Glück wusste ich jetzt Bescheid – wenn er mich eine Woche früher eingeladen hätte, hätte ich nur dumm da gesessen. Denn das Wort schwul nahm niemand in den Mund – auch Karl-Heinz nicht. Nachdem ich Karl-Heinz gesagt hatte, dass ich nicht wollte, entschied er sich, den Kontakt zu mir abzubrechen. Er meinte, er kriegte das nicht auf die Reihe.

Durch Karl-Heinz hat Frank dann auch erfahren, dass Karl-Heinz mich liebte. Aber ich war weiterhin permanent mit Frank zusammen. Das ging so lange, bis ich mal mit Frank und meiner Cousine in Urlaub gefahren bin. Da hat sich meine Liebe gelegt, und zwar bereits nach zwei Tagen. Sie ist sogar ins Gegenteil geschlagen. Frank entpuppte sich als lebensfremd und schmarotzerhaft. Das war's dann.

Ich habe mich in den Glauben gestürzt

Jetzt kam ich in eine Latenzphase. Ich hätte niemals von mir gesagt, dass ich schwul bin. Frank war erledigt, alles vorbei, keine Gedanken mehr ans Schwulsein. In dieser Zeit habe ich mich sehr in den Glauben gestürzt. Ich war ehrenamtlicher Gemeindemitarbeiter, habe musikalische Veranstaltungen organisiert und mich um Gottesdienst- und Chorarbeit gekümmert. Dann hat sich Karl-Heinz wieder gemeldet und meinte, er könne das jetzt doch wieder verkraften, mich wiederzusehen. Irgendwann waren wir dann zusammen, obwohl ich ihn nicht geliebt habe. An meinem 20. Geburtstag haben wir miteinander geschlafen – das war furchtbar. Ich dachte, ich müsste jetzt endlich mal mit jemandem schlafen, weil ich doch schon 20 war und überhaupt noch keine Erfahrung hatte, und es war ja auch niemand da weit und breit, mit dem ich hätte Sex haben können. Im Übrigen hatte Karl-Heinz wieder an mir rumgebaggert wie verrückt. Ich hatte richtig Schiss vor dem Sex – das Ganze war dann auch wie ein Zahnarzttermin. Ich fand Karl-Heinz auch körperlich nicht attraktiv. Aber auf eine komische Art und Weise wurden wir jetzt ein Paar.

Ich hätte mich immer noch nicht als schwul bezeichnet. Niemand durfte wissen, dass wir zusammen waren, obwohl die Schüler von Karl-Heinz ahnten, was Sache war. Sie haben erzählt, er wäre „aus der falschen Schublade“.

Der Römerbrief

Bei Karl-Heinz gab es einen wöchentlichen Hausbibelkreis. Dort haben sich einige Christen zum Essen getroffen und danach aus der Bibel vorgelesen und darüber gesprochen. Jetzt hatte ich mich zu einem feuereifrigen Glauben aufgeschwungen. Ich war ein evangelischer Christ, weil es sich damit besonders zwanghaft christlich sein lässt. Die Katholiken haben wenigstens noch den sinnlichen Anteil in ihrem Glauben. Aber mit Luther hieß es: *sola scriptura* – die Schrift allein. Was in der Bibel stand, war richtig, und alles andere war falsch. Das hätte ich tausendfach unterschreiben können.

In dem Bibelkreis haben wir uns über ein Jahr lang mit dem Römerbrief befasst, der voll ist von sittlichen Lebensanweisungen. Die Paulusbriefe sind voller Schuld und Vergebung; alles, was wir an Moralischem und Sittlichem in Bezug auf Sexualität kennen, stammt zum größten Teil von Paulus. Fortschrittliche Theologen sagen, Paulus hat alles eingerissen, was Christus an Lebendigem und Fortschrittlichem in die Welt setzen wollte. Es ist kein Zufall, dass sich die methodistisch-piätistischen Freikirchen sehr stark auf die Paulusbriefe beziehen. Ganz zwanghaft habe ich die ganzen moralischen Anweisungen in mich aufgesogen, die eigentlich gegen mein Leben waren. Ich empfand eine große Schuld, dass ich mit Karl-Heinz schlief. So habe ich es auch nicht als Verlust empfunden, dass es keinen Spaß gemacht hat – es war sowieso lasterhaft. Ich hätte es nicht ausgehalten, wirklich geilen Sex zu haben.

Uns traf Gottes Gnade

Aber ich konnte mein Sündentum leben, weil ich dafür eine christliche Vergebung hatte: Du bist sündig und schlecht, aber das ist nicht schlimm, denn deine Sünden sind dir durch Christus vergeben. Du musst nur aus vollem Herzen glauben. Aber du darfst natürlich nicht noch mehr sündigen, als du es ohnehin schon tust. Doch dann kam Gefahr von ganz anderer Seite. Im Bibelkreis war auch eine gute Freundin von mir, die sich in mich verliebt hatte. Sie hatte mir einen Brief geschrieben, in dem sie mir ihre Liebe gestanden hatte. Also bin ich eines Abends zu ihr hin und habe ihr gestanden, dass ich mit Karl-Heinz zusammen bin. Sie war total schockiert. Sie hat nie damit gerechnet, dass es so was überhaupt gibt. Es war ein furchtbarer Schlag für sie und das gleich doppelt, der Grund, warum ich sie nicht wollte. Sie hat sich damit zermartert, eine Haltung dazu zu finden, denn im göttlichen Gnadenplan waren wir weiterhin enthalten – Gottes Gnade ist unendlich. Da Gott Gnade hatte, musste sie also auch Gnade haben.

Doch dann kam ein Brief von ihr, in dem sie diese Ansicht revidierte: Sie fand mein Verhalten verwerflich und sündhaft, obwohl wir einen Anspruch auf Gnade hatten. Für mich war das alles furchtbar, weil sie in Glaubensfragen ein großes Vorbild für mich war; sie war eine moralische Instanz für mich. Nun fühlte ich mich noch mehr als Sünder. Sie aber hat den Kontakt nicht abgebrochen, eben weil wir noch weiter in Gottes Gnade waren. Sie hat sich das Ganze wahrlich nicht leicht gemacht. Ich fand es absolut bewundernswert, wie sie zu dem Entschluss gekommen ist, und wollte ihr danach noch mehr hinterher eifern. Eines Tages hat sie mir sogar ein Buch von einem christlichen Psychotherapeuten geschenkt, der Homosexualität als heilbar erklärte und erläuterte, wie das geht. Ich hab das Buch nicht einmal aufgeschlagen. Zwei Jahre später ist es ins Altpapier gewandert. Viele Jahre später habe ich sie übrigens in Berlin getroffen. Da stellte sich heraus, dass sie lesbisch geworden ist. Sie fand es plötzlich ätzend, dass sie das damals alles gedacht hat – anscheinend musste sie ihr eigenes Lesbischsein verleugnen. Im Übrigen hatte sie sich dauernd in schwule Männer verliebt – auch eine Form der Abwehr.

Dann die Rettung: Ich hatte mich wieder in eine Frau verliebt!

Damals bin ich jedenfalls ein noch besserer Christ geworden, um alles wieder wettzumachen. Ich habe noch mehr gebetet, noch mehr Bibel gelesen und ein furchtbar schlechtes Gewissen gehabt, wenn ich mal keine Bibel gelesen hatte.

Bei Karl-Heinz habe ich mich oft sehr wohl gefühlt. Der teilte meine musischen Interessen und hat mit mir Konzerte und Theater besucht. Er war eine Vaterfigur für mich.

Doch dann erlitt mein Coming-out einen Rückschlag: Nach sechs Monaten mit Karl-Heinz habe ich ein Mädchen kennengelernt, mich in sie verliebt und sie sich auch in mich. Dann dachte ich: „Jetzt bin ich gerettet! Jetzt bin ich endlich nicht mehr schwul! Ich bin noch einmal mit einem blauen Auge davongekommen." Doch dann haben wir versucht, miteinander zu schlafen – es war eine Katastrophe. Ich habe keinen hochgekriegt. Ich fand es einfach nicht geil. Das war wie eine Kastrationserfahrung: Ich kann jetzt nicht! Das ging ein paar Mal so. Darüber war ich so fertig, dass ich die Beziehung beenden wollte. Als ich ihr das gesagt habe, meinte sie, der Sex sei doch total unwichtig. Wichtig sei doch, dass wir uns liebten. Ich war so perplex, dass das unwichtig sein sollte, dass ich gedacht hab: „Okay, dann bleiben wir halt zusammen." Kurz darauf bin ich mit Karl-Heinz in Urlaub gefahren, hatte aber keinen Sex mehr mit ihm, weil ich ihr ja jetzt treu bleiben wollte. Das war sehr belastend für ihn. Doch als ich zurückkam, merkte ich: Das ist es nicht – ich möchte nicht mit einer Frau zusammen sein! Ich habe sie dann sträflich vernachlässigt und bin mit wehenden Fahnen zu Karl-Heinz zurück, der mich dankend wieder aufgenommen hat. Aber das Zurückgehen zu ihm habe ich als Scheitern empfunden.

Ich wollte es unbedingt mal mit anderen Männern probieren

Dann folgte eine relativ glückliche Zeit mit Karl-Heinz; wir haben uns gut verstanden und unsere gemeinsamen Interessen verfolgt. Aber richtig zufrieden war ich nicht, weil ich ihn nicht geil fand. Ich hatte große Lust, es auch mal mit anderen zu probieren. Doch irgendwie hatte ich noch totale Angst, mich auf richtigen Sex einzulassen.

Ein Jahr später war ich mit Karl-Heinz in Italien, wo es haufenweise geile Männer gab. In Florenz ist mir ziemlich offensichtlich einer nachgestiegen. Ich konnte es gar nicht glauben, dass mich ein Mann begehrenswert finden konnte. Das war so was von beängstigend. Aber andererseits gab es auch den Anteil, es erleben zu wollen. Karl-Heinz meinte, ich solle mit dem Mann mitgehen, wenn ich es wollte. Er sagte das so gönnerhaft und war trotzdem eifersüchtig. So nach dem Motto: „Du wirst schon sehen, was du davon hast." Doch ich hatte viel zuviel Schiss, um mitzugehen. Also habe ich es gelassen. Aber der Gedanke, was passiert wäre, wenn ich mitgegangen wäre, hat mich jahrelang beschäftigt. Alle sexuellen Lustvorstellungen habe ich auf diesen Mann projiziert.

Trennung von Karl-Heinz

Irgendwann war das Drängen in mir nicht mehr zu verleugnen. Im Herbst desselben Jahres habe ich mich von Karl-Heinz getrennt. Der Anlass war, dass ich ganz akut in einen anderen Mann verliebt war, den ich in der Disco kennengelernt hatte. Eine Frau hatte mir erzählt, dass er schwul ist. Ich malte mir Chancen aus, die ich auch wirklich hatte. Doch der Sex mit ihm war enttäuschend. Es war nicht die große Freiheit ausgebrochen, wie ich das vermutet und gehofft hatte. Ich konnte den Sex nicht genießen, und alles war verklemmt. Im Hintergrund dachte ich immer noch, es wäre frevelhaft, was ich da tat. Es war so krampfig, dass ich nicht weiter dranbleiben wollte. Ich habe nur gewartet, bis der Schmerz nachließ, und ihm lange hinterhergetrauert. Zu der Zeit habe ich einen Jugendkreis geleitet, Altenarbeit gemacht, Gottesdienste organisiert und in Chören gesungen. Dass ich schwul war, habe ich mir selbst gegenüber nicht eingestanden.

Nach dieser Liebe war es vorbei mit Männern. Mein Glaube wurde zunehmend hohl, was ich zwar gespürt, aber gleichzeitig noch abgewehrt hatte.

Ich fand mich hässlich und unwert

Um mein Abi nachzuholen, bin ich nach München gezogen. Während der zwei Jahre, die ich dort lebte, bin ich überhaupt nicht in die schwule Szene gegangen. Aber durch eine Kontaktanzeige habe ich einen Freund kennengelernt. Das war eine üble Erfahrung: Ich fand ihn geil und er war auch mein Traummann, aber ich fand mich selber zu hässlich, zu unwert, als dass ich mir vorstellen konnte, dass er sich überhaupt mit mir befassen würde. Ich konnte es wirklich nicht glauben, dass der sich für mich interessiert, obwohl es so war. Ich wartete jeden Tag darauf, dass er mich ganz furchtbar findet. Irgendwie habe ich das fest geglaubt, und er konnte mich nicht überzeugen, obwohl er mir das Gegenteil gezeigt hat. Ich habe gesagt, dass er verlogen ist, wenn er mich liebt, und wollte ihn damit überführen. Irgendwann hatte ich aus lauter Mutlosigkeit den Kontakt aufgegeben und ihn soweit, dass er die Begegnung nicht mehr gesucht hat. Mein Glaube war weiterhin latent vorhanden und das Schuldgefühl, sündhaft zu sein, auch.

In meiner Klasse gab es einen Mann, der total nett zu mir war – ich konnte das aber wieder nicht akzeptieren und habe das solange zerredet, bis er es irgendwann aufgegeben hat. Da hatte ich meine Bestätigung: „Siehst du, er interessiert sich nicht wirklich für dich."

Durch eine Psychoanalyse konnte ich zu meinem Schwulsein stehen

Mit 24 bin ich nach Berlin gezogen und dort bin ich auch in die schwule Szene gegangen. Da habe ich dann auch so allmählich meine Hemmungen und Ängste abgebaut. Der Glaube war plötzlich kein Thema mehr. Ich bin nicht mehr in den Gottesdienst gegangen. Aber ich habe mich durchaus noch als Christ empfunden. Von meinem 20. bis zu meinem 28. Lebensjahr hatte ich eine starke Neurodermitis, die ein Ausdruck meiner Strenge mir selbst gegenüber war: Fasst mich bloß nicht an, meine Haut ist es nicht wert. Mit 25 habe ich dann eine Therapie angefangen, und zwar eine Psychoanalyse. Erst da ist meine Sexualität zum Leben erwacht. Mein Therapeut hat mir dabei geholfen, mein Schwulsein zu akzeptieren. Während der Therapie habe ich immer mehr den Einfluss meines Glaubens auf mein Leben gesehen: eigene Wünsche unterdrücken wie Sexualität und Berufswünsche – ich wollte eigentlich immer Musiker werden.

Als die Evangelische Kirche Deutschlands 1996 beschlossen hat, dass ein schwuler Pfarrer zwar eingestellt werden darf, wenn es keine Gegenstimme in der Gemeinde gibt, aber nicht mit seinem Freund im Pfarrhaus wohnen darf, habe ich mir gesagt: „Ich lasse mich nicht mehr von dieser Organisation als einen Menschen zweiter Klasse behandeln und deshalb trete ich aus!" Das war's. Ich selbst kann mir nicht vorstellen, dass man Glaube und Homosexualität miteinander vereinbaren kann, aber ich weiß, dass es Gruppen gibt, zum Beispiel *Homosexuelle und Kirche*, die das versuchen. Doch ob denen das gelingt, bezweifle ich.

Olaf ist 31 und arbeitet freiberuflich als Sänger.

7 Wo du Rat und Unterstützung bekommst

Lambda

Sehr viele Jugendliche und junge Erwachsene, die im Coming-out sind und Rat oder Hilfe benötigen, wenden sich an das Jugendnetzwerk *Lambda*. Was *Lambda* genau macht, habe ich von Heiko Kleyböcker erfahren, dem Geschäftsführer von *Lambda* Berlin.

Jemand ist schwul oder bi und hat Probleme mit sich selbst, in der Schule oder mit den Eltern. Kann er dann zu euch kommen?

Ja. Jugendliche können bei uns anrufen, wenn sie mit ihrem Coming-out oder mit ihrem Schwulsein Probleme haben und sich telefonisch beraten lassen, sie können aber auch zu uns kommen oder uns schreiben. Wir beraten auf Wunsch anonym und antworten mit einem neutralen Briefumschlag, wenn jemand das will. Wir nehmen die Angst von vielen Jugendlichen, entdeckt zu werden, sehr ernst. Wenn Jugendliche anrufen oder vorbeikommen (manche schicken auch eine Mail), dann nehmen wir uns Zeit für sie und sprechen mit ihnen. Wir haben offene Türen, und bei uns sieht alles sehr jugendlich aus. Das liegt daran, dass Jugendliche hier ein- und ausgehen und mitbestimmen. Wir wollen, dass Jugendliche ihre Zweifel und Unsicherheiten verlieren. Man braucht also keine Angst vor uns zu haben.

Was macht Lambda sonst noch?
Wir sind ein lesbischer, schwuler und bisexueller Jugendverband. Bei uns arbeiten sowohl Jugendliche als auch Profis. Neben den Beratungen machen wir Aufklärungsarbeit, das heißt, wir gehen in Schulen und Jugendfreizeiteinrichtungen, sprechen mit Schülern und Lehrern und stellen Klischees und Vorurteile in Frage. Wir haben dabei einen politischen Anspruch; wir wollen die Lebenssituation von Schwulen und Lesben insgesamt verbessern. Außerdem bieten wir Freizeitgestaltung an. Wir organisieren Gruppen, zum Beispiel Coming-out-Gruppen, aber auch internationale Begegnungen und natürlich Jugendgruppen, in denen es auch die Möglichkeit gibt, andere Jugendliche näher kennenzulernen.

Wie alt sind die Jugendlichen, die zu euch kommen?
Die oberste Altersgrenze ist 26. Nach unten gibt es keine Grenze, obwohl die meisten zwischen 15 und 17 sind, wenn sie zu uns kommen. Diejenigen, die bei uns initiativ werden, also eine Beratungsausbildung machen oder Gruppen leiten, sind meistens zwischen 18 und 22. Erstaunlicherweise sind die, die an einer Coming-out-Gruppe teilnehmen, mit 19 bis 23 die Ältesten.

Woran liegt das?
Manche brauchen einfach diese Zeit und wollen sich dann intensiv mit ihrem Coming-out auseinandersetzen. Einige kommen auch zu uns, weil sie Enttäuschungen in Beziehungen oder in der Szene erlebt haben – sie haben also schon ein Stück schwuler Geschichte hinter sich.

Wo in Deutschland gibt es Lambda?
Unser Bundesverband ist in Erfurt, Thüringen. Aber dann haben wir noch je einen Landesverband in Bayern, NRW, Berlin-Brandenburg und den Landesverband Nord. Dazu gehören Hamburg, Bremen, Schleswig-Holstein und Niedersachsen.

Es gibt auch viele Erwachsene, die Probleme mit dem Coming-out haben. Können die auch zu euch kommen?
Im Grunde genommen kann jeder zu uns kommen und wir werden ihm sagen, wo er sich hinwenden kann. Aber – wie gesagt – unsere Obergrenze liegt bei 26. Erwachsene können auch die Schwulenberatungsstellen oder *Pro Familia* aufsuchen.

Wenn jemand Kontakte sucht, ist er dann bei euch richtig?
Wir bieten verschiedene Gruppen- und Freizeitaktivitäten an, bei denen Schwule und Lesben mit anderen Schwulen und Lesben zusammenkommen. Natürlich entstehen da auch Kontakte, auch sexuelle. Es passiert sehr oft, dass unter den Jugendlichen langdauernde Freundschaften entstehen und natürlich auch Beziehungen – und zwar nicht zu knapp. Zu uns können alle Jugendlichen kommen: Modebewusste, Ökos, Raver, Stinos, Selbstdarsteller, Jungtunten, ruhige Zeitgenossen, Schrankschwestern und was weiß ich wer noch. Wer dabei sein will, ist herzlich willkommen.

Pro Familia

Mittlerweile gibt es in vielen deutschen Städten Beratungsstellen für Schwule. Manchen Schwulen ist das aber „zu heiß". Denn wenn man sich in einer schwulen Beratungsstelle Hilfe holt, dann muss man sich ja schon eingestanden haben, schwul zu sein, das innere Coming-out also bewältigt haben.

Wenn du dich nicht an eine schwule Beratungsstelle wenden willst, kannst du auch zu *Pro Familia* gehen, die es in vielen deutschen Groß- und Kleinstädten gibt. *Pro Familia* ist eine Institution, die sich in erster Linie um heterosexuelle Belange kümmert und Beratungen zu Familienplanung, Abtreibung und Ehe- und Paarproblemen anbietet. Doch ein großes Beratungsangebot umfasst auch das weite Feld der Sexualität. Daher helfen dir die Mitarbeiterinnen und Mitarbeiter von *Pro Familia* auch bei Problemen mit dem Coming-out weiter.

Doch wenn du lieber Kontakt zu schwulen Beratern aufnehmen willst: Neben schwulen Beratungsstellen gibt es auch vielerorts Coming-out-Gruppen. Was wo läuft, erfährst du über das Internet. Ich habe dir die wichtigsten Adressen rausgesucht.

Adressen

www.lambda-online.de
Schwul-Lesbisches Jugendnetzwerk Lambda

www.schwulenberatung.de
Schwule Online-Beratung

www.profamilia.de
Deutsche Gesellschaft für Familienplanung, Sexualpädagogik und Sexualberatung

www.sextra.de
Online-Beratung der *Pro Familia* bei Fragen zu Sexualität, auch Coming-out-Beratung

www.kinderundjugendtelefon.de
Die Nummer gegen Kummer: 0800 111 0 333

www.aidshilfe.de
Deutsche Aids-Hilfe e.V.

www.aidshilfe-beratung.de
Online-Beratung der Deutschen Aids-Hilfe bei Fragen zu HIV/Aids

www.lsvd.de
Lesben- und Schwulenverband in Deutschland. Für alle, die sich über politische und rechtliche Themen informieren wollen.

www.bine-web.de
Bisexuelles Netzwerk (BINE) e.V.

www.huk.org
Ökumenische Arbeitsgruppe Homosexuelle und Kirche (HUK) e.V. Bundesweite Organisation mit Regionalgruppen

www.bzga.de
Bundeszentrale für gesundheitliche Aufklärung. Hier gibt es eine Menge Infomaterial zu Familienplanung, Partnerschaft und Sexualität.

www.comingouthelp.de
Hilfe beim Coming-out

www.co30.de
Coming-out bei Schwulen ab 30

www.schwulejugendgruppen.de
Datenbank über schwule Jugendgruppen in Deutschland

Österreich

www.hosi-wien.at
Homosexuelle Initative (HOSI) Zentrum Wien

www.aids.at
Aids-Hilfe Wien

www.comingout.cc
Hilfe beim Coming-out

Schweiz

www.spot25.ch
Spot 25
Coming-out-Telefon: 0848 / 80 50 80

www.aids.ch
Aids-Hilfe Schweiz

Für Eltern

www.befah.de
Bundesverband der Eltern und Angehörigen von Homosexuellen

www.kinderundjugendtelefon.de
Elterntelefon: 0800 111 0 550

Carsten Heider

Gemeinsam, zweisam

Der Beziehungsratgeber für Schwule

Mit Comics von Jeff Allan

br. • 224 S. · 3-89656-095-6

„Egal, ob Sie beim nächsten Mann alles richtig machen wollen oder ob Sie bereits glücklich verheiratet sind: Nützlich ist dieses Buch für Singles wie für Paare gleichermaßen." (Männer aktuell)

W W W . Q U E R V E R L A G . D E